Europe

對窗

六百八十格

歐洲華文作家微型小說選（下）

歐洲華文作家協會／著

主編／黃雨欣、黃世宜

顧問／俞力工

策劃／朱文輝

歐洲，一個浪漫而神秘的他方；微短小說，一瞬精簡而多解的瞥望。

翻開本書，讓僑居歐洲的華人作家們，為您打開一扇投向遙遠歐洲的窗口……

作者簡介

朱文輝

筆名余心樂（寫犯罪推理小說用）及迷途醉客（寫一般文學作品用），1948年6月4日出生於臺灣，臺北中國文化學院德文系畢業，1975年前往瑞士留學，旅居瑞士迄已35年。1985年曾考取臺灣外交官並受訓結業，惟後來無志於仕途而未投身這一生涯，目前任職臺灣設於瑞士的某商務機構。1991年3月起至1996年6月30日止擔任《歐洲華文作家協會》秘書長；1996年7月1日至2002年5月5日年出任兩屆會長；2005年起回任副會長至今。除耕耘一般文藝作品之外，畢生以創作華文文學領域裡屬於較為另類的《犯罪文學》為職志，以華文及德文操筆（亦為瑞士推理文學作家俱樂部成員），其華文作品當中也有德文及日文版本。此外，也自心理、人文、社會、政治及文化的角度從事中德兩種語文的俗語、成語、俚語之比較與分析，試圖從中歸納出中西文化交流與互融的某些理則性。

顏敏如

臺灣高雄市人。歐洲華文作家協會、中文獨立筆會，Geneva Writers' Group會員。出版「此時此刻我不在」、「拜訪壞人」。2009年在瑞士法語區Le Château de Lavigny駐地寫作。個人網站「從瑞士出發」：www.mjswiss.com

黃世宜

一九七七年生，瑞士日內瓦大學比較文學碩士（Licence ès lettres, Université de Genève）。曾獲香港明報世界華文旅遊文學獎季軍，歐洲華文作家協會會員，世界華文小小說協會會員。任職瑞士汝拉省社區人民大學（UP Jurassienne）華語教師，醉心閱讀寫作，是個喜歡聽故事也喜歡說故事的人。來自海島，然定居瑞士偏僻山林田園間，不改其樂。

林奇梅

住倫敦，在彰化銀行倫敦分行工作，倫敦國際語言教學中心的華語教師，歐洲華文作家協會理事，海外華文女作家協會會員。從事於文學創作多年，擅於寫散文、詩和兒童小說。著作：《倫敦寄語》、《金黃耀眼》、《晨曦》、《老田巷》、《紅女巫》、《風箏》、《小溪》、《稻草人迪克》等。獲獎作品：《厝鳥仔遠飛》榮獲2004年華文著述獎散文首獎，《美的饗宴》獲得2008年華文著述獎散文獎，《青草地》獲得2006年華文著述獎詩歌獎，《稻草人傑克》，《稻草人貝克》各獲得2006年和2008年華文著述獎小說獎。

莫索爾

長期從事新聞工作。自1950年代中期畢業於台灣大學外文系及政治大學新聞研究所之後，即投身於新聞界。曾在台北「新生報」撰寫影評及音樂介紹（西洋音樂史話），並任中央廣播電台（中廣大陸部）編譯。1963年赴西班牙入馬德里大學深造後，擔任「中央通訊社」駐西班牙及阿根廷特派員，退休後擔任台北「中央日報」駐歐撰述多年，並為中央副刊寫稿。主要寫作內容為新聞報導、評論、時事分析及特寫等，不敢以作家自居，只是資深記者。2002~2005年曾出任「歐洲華文作家協會」會長，目前身為該會理事，長居西班牙。

張琴

自由撰稿人，世界華文小小說西班牙分會會長。出生四川，祖籍河南，現定居西班牙馬德里。1999年獲西班牙華人作家微文首獎。次年，出版處女作紀實文學《地中海的夢》，該書已傳至世界四十餘個國家和地區，被美國三大圖書館收藏。2000年獲得歐洲華文微文比賽西班牙賽區一等獎，2003年獲法國《歐洲時報》微文三等獎；同年獲西班牙《華新報》微文比賽二等獎。作品已在《中央日報》《歐洲時報》發表，並連載。

2003年紀實文學《異情綺夢》由世界知識出版社出版發行，其海外版由西班牙《華新報》社出版。2004年5月，散文集《浪跡塵寰》，2005年中西雙語散文集《田園牧歌》、詩集《天籟琴瑟》由世界知識出版社出版。2006年與外子合作出版《琴心散文集》，2008年出版《秋，長鳴的悲歌》。現為「西班牙作家藝術家協會」華人會員、歐洲華文作家協會會員、世界華文小小說總會會員。

俞力工

1947年生於上海，祖籍浙江、諸暨。1949年隨父母遷居臺灣。1964年初中畢業即前往歐美留學，先後在美國三藩市州立大學、奧地利維也納大學、德國西柏林自由大學、海德堡大學、法蘭克福大學政治系、社會學系學習與研究。著作有：《後冷戰時期國際縱橫談》，1994，桂冠書局，臺北；《反恐戰爭與文明衝突》2009，秀威書局，臺北。國際政治學教授，政治評論專欄作家，歐洲華文作家協會會長。現居奧地利，維也納。

王若珠

1954年生於臺北萬華。七十年代畢業于輔仁大學德文系後留學德國。八十年代開始參加聯合國維也納分部會議服務工作至今。王女士為俞力工之妻，雖非歐華作協正式會員，但諸多雜文散見報章雜誌。

方麗娜

1966年生於中國河南商丘。1998年赴奧地利多瑙大學攻讀MBA工商管理碩士，同期在德國實習。2003年定居奧地利維也納，現為歐洲作家協會會員；曾任《地球村》雜誌副主編和《中國人報》主編，其作品散見各大報章、雜誌及國內外網站。旅歐期間作品《雲中漫步》獲2005年《歐洲新報》舉辦的「全球華文徵文」一等獎。著有散文集《遠方有詩意》。

白嗣宏

1937年生，河南省開封市人。1961年畢業於蘇聯國立列寧格勒大學語言文學系。中國作家協會會員、中國戲劇家協會會員。主要從事俄國文學、俄國戲劇、俄國國情和文化研究、寫作。歷任中國社會科學院外國文學研究所特約研究員、中國藝術研究院外國文藝研究所特約研究員、中國國際文化書院院務委員、蘇聯新聞社編審、莫斯科國際工商科學院教授等。發表有文藝研究和評論、外國文學翻譯作品、國際時事評論、散文、隨筆、小說等。

李寒曦

1950年生於雲南，老三屆初中生。從昆明到瑞麗插隊，後跑到緬甸參加緬共人民軍當衛生員5年。回國後在邊疆縣醫院護士3年。後畢業於醫學院，做外科醫生共25年。1994年-1998年就讀俄羅斯人民友誼大學（肄業）。現在俄羅斯從事推廣保健品和中國保健文化工作。作品多在博客上發表。

李永華

筆名：老木，男，旅居捷克共和國華僑，曾做汽車裝配工、服兵役，學習電子、哲學、農學、法學。在中國農業科學院任職期間，主持人參、西洋參儲存保鮮研究，獲得成果、發表論文。參與其他果蔬研究，發表論文和科普文章。後出國到捷克共和國經商，開農場、飯店，諮詢、仲介服務。主持創辦捷克華文刊物《商會通訊》和《捷華通訊》，任捷克金橋有限公司總經理至今。任捷克旅捷華人聯誼會副會長、歐洲華文作協副會長。

呂大明

國立臺灣藝專畢業，英國牛津學院高等教育中心畢業，英國利物浦大學碩士，法國巴黎大學博士研究。曾任臺灣光啟社編審，台視基本編劇，歐洲華文作協二屆副會長，法國文化部法國作協會員，歐洲學術聯誼會會員，出版著作包括散文集；《這一代弦音》、《英倫隨筆》、《來我家喝杯茶》、《大地頌》、《尋找希望的星空》、《南十字星座》、《寫在秋風裡》、《伏爾加河之夢》、《冬天黃昏的風笛》、《流過記憶》、《塵世的火燭》等十餘種。翻譯《天主的子民》、戲劇《蘭婷》並編寫電視廣播劇包括《梅莊舊事》、《孔雀東南飛》、《雲深不知處》二百餘集。曾獲臺灣幼獅文藝全國散文獎首獎，臺灣新聞處優良散文獎首獎，兩屆華文著述獎散文首獎，耕莘文教院兩屆文學獎，讀馬致遠漢宮秋雜劇論文英文稿獲臺灣文建會翻譯獎等。現旅居法國巴黎凡爾賽。於2009年秋出版《世紀愛情四帖──呂大明美文選》（寧夏人民文學出版社）

趙曼

本名趙曼娟，臺北出生，著名旅法作家，其擁有主副業和多種頭銜，典型新時代女性兼儒商！平日從事房地產、股票、科技、繪畫、寫作，旅遊30餘國，擅運用豐富人生閱歷，筆觸幽默奇趣，文章散見國內、外各大報，著有《版畫名家金榜》、《巴黎曼陀羅》、《古董精品》、《巴黎心咖啡情》等；現任昌盛國科技公司董事長。

楊翠屏

　　臺灣省斗六市人。通學六年就讀嘉義女中，政大外交系畢業，巴黎第七大學文學博士。曾在《婦女雜誌》、《中央日報海外書簡》、《民生報》、《逍遙雜誌》發表文章，亦為《中國時報開卷版世界書房》撰寫法國書評三年。譯有《見證》（八位二十世紀法國文學巨擘評論）德華出版社，1977年6月《西蒙波娃回憶錄》志文出版社，1981年9月《第二性：正當的主張與邁向解放》（獲得聯合報讀書人一九九二年非文學類最佳書獎）志文出版社，1992年9月著作：《看婚姻如何影響女人》方智，1996年3月，《活得更快樂》遠流，1997年3月（1998年7月臺北市政府新聞處推介為優良讀物）；《名女作家的背後》文經閣，2006年5月；《誰說法國只有浪漫》高寶書版2006年12月；《忘了我是誰：阿茲海默症的世紀危機》印刻出版社，2010年6月。

高麗娟

　　1958年生，畢業於台大中文系，曾任雜誌編輯，1982年遠嫁土耳其，1988年獲安卡拉大學漢學碩士學位，歷任土耳其國立安卡拉大學漢學系專任講師、土耳其國際廣播電臺華語兼任節目編譯與主持人。2002年加入歐華作協後，積極從事寫作，現為歐華作協會員，2005年以《走過黑海的女人》一文，獲得香港主辦的世界華文旅遊文學徵文獎入圍獎。著有《土耳其隨筆》、《從覺民到覺醒－開花的猶大》等書。

林凱瑜

　　曾在日本的文化古城京都念過兩年的大學，學的是日本文學，後來，見到波蘭來的先生，一時對東歐起了好奇之心，就棄學當波婦去了。沒想到在波蘭華沙一呆就又是另一個22年過去了，其實，在這些年裡，我也沒白過，1999年在華沙經濟大學任教至今，2002年成立自己的漢語學校，2003年加歐華作協，2004年在私立企管大學任教至今，2007年加入德國中文學校聯合會，2009年出版中波教科書。

池元蓮

　　香港出生，祖籍廣東，臺灣大學外文系畢業，美國加州柏克萊大學碩士，與丹麥人結婚定居丹麥四十年。出版中英著作十餘種，以《兩性風暴》最受歡迎，新浪網連載總擊點已接近二百萬；《性革命的新浪潮、北歐性現狀記實》最富學術性，被北京、臺灣、香港多間大學圖書館收藏研究；《歐洲另類風情、北歐五國》最長壽，出版十多年後又再復活。

趙淑俠

　　曾任美術設計師，旅居歐洲三十餘年後移民美國。自1970年代開始專業寫作，出版作品三十餘種，其中有三本德語譯本小說《夢痕》、《翡翠戒指》、《我們的歌》。1991年，「歐洲華文作家協會」經過趙淑俠一年的奔走籌畫，在法國巴黎成立。是為歐洲有華僑史九十年以來，第一個全歐性的文學團體。趙淑俠被選為首任會長，至今是永久榮譽會長。2002年到2006年，趙淑俠為「海外華文女作家協會」副會長，會長。1980年獲台灣中國文藝協會小說創作獎，1991年獲中山文藝小說創作獎。2008年獲「世界華文作家協會終身成就獎」。

目　次

不恰當時刻不恰當場合的恰當行為

瑞士　朱文輝

　　來吧，你們這批人渣，三個一起上。他擠出一絲獰笑，感覺夾克口袋中的小鐵錘似乎也跟著他同樣躁動。

　　時間是二十一時十五分，很適合出門行動的時刻。小心奕奕將輕巧的小鐵錘藏進口袋，最後一次對著鏡子演練幾下不知做過多少次的誇張挑釁表情和動作。今晚，他又要試著去「替天行道」，至少也替前一陣子他那被一幫不良少年無辜打成重傷送醫的老友討個公道。感覺上，奪人性命的兇犯在這個國家，他的命要比被打死的受害人來得值錢。這兒的社會和司法制度並不吝惜把大筆的人力物力投到犯罪者身上，甚至長年聘請心理醫師為他們服務。至於被殺的受害者，那也只能怪怨自己在不適恰的時刻現身於不適恰的場合囉……

　　其實體內還滾動著另一道熱流。那是迎著他的一種等待——許多奇幻怪想等待著他的書寫。以一支魔幻的巧筆，寫下人生的實境和想像的離奇，將感人的情節隨著他的文字讓讀者一同驚歎與悸動，是他畢生追求的夢想，一個來自心層的呼喚。然而，他所能擁有和支配的時間卻如同銀行帳戶裡的結餘，是

個無法填補的缺口。沒錯，時間是不站在他這一邊的。仔細盤算一下，距離法定的退休還有五年多，退下來能領到多少足以過個有尊嚴日子的養老金？他眼前這份活幹了快有二十五年，一個如假包換的「窮工族」，所預見的退休金，比起瑞士政府接收大批難民庇護申請者每月所領的救濟金大概也好不到哪裡去吧！

他，一個華裔瑞士公民，具有臺灣的大學學士文憑，在蘇黎世外郊一家企業物流部門幹助理兼打雜員，每天讓工作操成個窩囊廢，十年前離了婚之後，便沒有本錢足以讓他試走半步提早退休的路。在瑞士，離婚男人的代價貴如買顆鑽石。有什麼方法可以令人在這塊土地不勞而獲？不，不是不勞而獲，是「不勞而有所作為」。不必為五斗米折腰，每天過著無憂無慮閱讀與筆耕的日子，這樣，構思中許多需用文字經營的素材，便能如願以償添血加肉。至少，可以先完成一本析述瑞士是個「人間天堂」——不，是個「犯罪者天堂」的專書。接下來還要寫一部以瑞士監獄為背景的犯罪推理小說。他沒有前途，沒有發財的指望，不再有女人愛，下半生早已判屬於監獄。

中彩券，打劫銀行……，馬上領得一筆為數足可讓他安穩度日的退休金，都不錯！哦，打劫銀行？為何不行？瑞士不就是犯罪者的天堂嗎？哈，好一道照亮黑暗的光源，這是免除束縛的一條終南捷徑。犯人在瑞士監獄裡可享有高度的人道待遇，沒有死刑，單人牢房的設備有電視，乾淨衛生，比起一般的三星級旅館不遑多讓，在裡面可以享有揮霍不盡的時間。設法「移民入獄」吧！我不上天堂，誰上！

預謀的「找碴」行動果然激怒了那三名手中各握著一罐啤酒的年輕人，懷著敵意朝他圍攏過來。他的手暗暗伸進夾克口袋，摸著那只小鐵錘。

　　全身的傷口傳來陣陣撕裂的痛楚。他是昏迷中被好心的路人報警送醫急救活過來的。護士說，「放大鏡日報」已對他的事件做了大幅報導，這時他才意識到自己也成了新聞人物——瑞士暴力傷人事件又一無辜犧牲受害者！

　　辦案的刑警在床邊問他：「您知不知道為什麼會受到一前一後兩幫不同路的不良少年同時夾擊？還記得對方長成什麼樣子嗎？」

　　他的思緒陷入迷亂。兩波人馬？他被人從後頭打傷差點喪命？哦，是囉，事情一定是這樣子發生的——他正想攻擊身前的那幫青少年，卻沒想到身後卻另有一幫真正想找碴鬧事的惡少逮到了獵物，將他當成了暴打解悶的對象！

　　「為什麼您攜帶一根鐵錘？您以中文和德文寫在這張紙條上的詩句有什麼特別的含義嗎？」警探仔細追問。

　　「噢，我……」

　　警探終於離開他的病房，一股不安襲上他心頭。他瞧見警探先前眼中閃現的那絲質疑。走向醫院掛號大廳的刑警，目光再次掃向手中紙條的幾行字句——

　　瞎了眼

　　司法女神

　　容許天秤兩端

正義邪惡

各擁半壁江山

任由媒體綁架它們的命運

萃取戲劇成份

製成娛樂蛋糕

餵食大眾

排泄濫情與激動

那股臭香

瑞士　朱文輝

　　「爸爸，這兩張五十元鈔票怎麼和現在的長得不一樣？」兒子指了指夾在相簿裡那兩張寬寬大大的瑞士紙鈔問。

　　「那是你奶奶後半生省吃儉用去世之後遺留下來分贈給孩子們用的。」

　　「臺灣也流通瑞士法郎！」現年二十四歲出生於瑞士的兒子臉上浮現些許迷惑。

　　他凝視著那兩張市面上早已不再流通的五十元瑞士紙鈔。三十幾年過去了，憶起當初在蘇黎世大學念書課餘打工省吃儉用的積蓄每個月寄回老家孝敬媽媽的情形。沒想到媽媽一直捨不得花，一張張妥善保存在家中的桌櫃裡。往生時，特意分成三份留給每個兒女，包括他在內也分得一份。

　　這時，兒子突然打岔：「爸爸，你在滷牛肉啊！味道好棒。」一臉聞香沉醉的模樣。

　　他撚了撚花白的鬍鬚，走進廚房，打開鍋蓋翻動正在慢火燉熬的肉塊，對著跟到身邊來兩眼直瞪著肉塊咽口水的兒子說：「你奶奶滷的肉比這要香太多了，帶著一股腐臭的味道，

是爸爸這一輩子最為懷念的香，就像你愛吃的山羊乾乳酪一般！」

　　眼前是他第三次收到媽媽寄來的郵包。晶瑩欲滴的淚珠中，閃電般飛快映現他近年來先後兩次收到郵包的情景。離開東部的老家上臺北念大學以來，總共收到媽媽寄給他三次郵包。第一次是一九六〇年代中期某個六月天。黴黴的腐臭，是在他打開郵包的當兒，從裡面那只塑膠袋流泄出來的。是一些滷肉加滷蛋，因為天氣熱的關係，已經開始變味了。他沒敢吃，悶聲不響趁室友尚未意識到怎麼回事之前，便偷偷拿到屋外路邊的垃圾箱給丟棄。隔天他在給媽媽的信裡寫說好吃極了。

　　第二次收到包裹，沒逃得過室友阿達的眼睛。「啊，你媽寄好吃的東西來給你進補啦！……」語氣中閃現一股羨慕，好奇的眼神夾串一絲若有所圖。

　　郵包裡透出一陣陣的五味雜陳。他把那扇原已打開的窗戶推得更開敞，想讓兩人合租小房間內驅逐熱風的電扇把那股五味加速給吹出室外，更想藉此趕跑心頭的煩躁。那一年，青澀的他，還只不過是個剛剛升上大二的菜鳥，一個來自東部鄉下窮苦人家的小夥子。

　　六月中旬的臺灣，不管哪個角落，熱浪已為迎面撲身的初夏來個先聲奪人。那是媽媽大老遠從東臺灣郵寄給他當作期末考補身的一份母愛。看看包裹上的郵資，大概足以讓媽媽在路邊攤上吃碗大滷麵了吧。這包食物，恐怕要花掉媽媽好幾天在鳳梨工廠生產線加夜班的工資。他知道，媽媽是絕對捨不得花錢去吃這麼一碗麵的……

好幾次他放寒暑假回家時向媽媽提起，家住臺中那位同學劉大賓的媽媽做得一手好吃的江浙菜，滷出來的豬蹄膀和牛腱超級的香，每每是讓他在放假返鄉經過他家做客時愛吃不已的一道好菜。他家裡窮，平日買不起魚肉，滷肉和五香牛肉之類的「奢侈佳餚」，對於他家來說，便成了只能流著口水夢想而不是大快朵頤的現實。印象中媽媽好像不會燒這些滷味菜，她一向都燒廣式的家鄉小菜。什麼時候偷偷學會江浙滷味的？

室友阿達問他：「咦，怎麼跟那家老江南滷味店賣的一樣好吃？」

媽媽省吃儉用為他精心調製的滷味，因為家裡沒有冰箱而又透過郵局運遞的緣故，在郵包裡被燠熱的天氣給燜得發黴發臭了。他不敢和室友分享，偷偷藏起，拿到屋外丟棄，並忍痛在附近那家叫作老江南的小吃店買了些大同小異的食品帶回與室友分享。室友對自己擁有的這股「幸福」羨不絕口，他一時倒也爽舒舒地享受那份虛榮所帶來的快慰。

眼前這已是他上臺北念大學兩年來第三次收到郵包了。尚未打開，樓下開傢俱行的房東突然敲響他房門喊他下樓接聽長途電話。聽筒那一端傳來是媽媽不幸車禍重傷必需截肢的惡耗。他爸爸在長途電話裡轉述媽媽在醫院對他念念不忘的關切，問他郵包收到了沒？她做的滷味還喜歡吃嗎？像不像劉大賓他媽媽做的口味……。

他放下房東的話機，急促奔回房間，立即打開郵包，一口接一口地吃起媽媽做的滷味，覺得那股腐臭味越吃越香，眼眶中早已貯滿隨時會崩潰的淚水。

秋問‧月娘的臉

瑞士　朱文輝

月娘有張引起人們無限遐思的臉。今夜，他又面對著這張臉，不斷在追問……

月娘的臉

大湖
托起明鏡
兩個交纏的靈魂
映入
月娘的眸子
廣寒宮的女主人
這下竟為別人展了顏

不是水月
也不是鏡花
那是兩股感應

牽引出來的

萬里緣

前世情

　　記得那是個中秋夜，一年多之前，在美麗的蘇黎世湖畔。是獨身十年之後第一個不再孤獨的蘇黎世湖畔中秋之夜。

　　他和她漫步，隱入蘇黎世湖的夜朦朧。他沒敢去牽她的手，雖然心頭澎湃著渴望。和她交往已有一年的時日，可她那份矜持，一直有意無意地對他保持著若即若離。那晚，一起看完電影後，距離午夜還有兩個小時，她主動提議到湖邊散散步，說是中秋，去體會一下浪漫的情調。在湖邊一路伴著她，湖面和那輪明月相互輝映，讓他沉醉於心靈的那份感動，但他不敢擁抱她，更不敢試著去吻她，生怕把愛情給庸俗了。一年來，她在他眼中的聖潔，與她描述中那個「準前夫」的偽君子言行相對照，更是引爆他要助她脫離困境的激情，在她面前真的不敢庸也不敢俗。兩人沿著湖畔默默地踱著。深夜的寒氣不動聲色掩至，她看了看錶說，怕孩子單獨在家萬一醒來見不著媽而驚恐，得趕最後一班電車回家。而他明天一大早要出遠門上班，也得趕末班火車回家。進了屋已是子夜，立刻扭亮書桌的檯燈，有股悸動促他漏夜寫下那十幾行心靈的語言，將這愛的火苗傳遞給她——浪漫地親手把一筆一劃鋪陳在信紙上，並貼上臨時由畫報中剪下來當配飾的圖案，為這份情意添上金枝玉葉。

　　是在一個朋友聚會的場合中認識她的，她恭維他說，早已在瑞士華人圈中聽過他急公好義的大名，對他充滿了崇敬。那時他

已和同是來自臺灣的前妻分手了十年。本來早已決定不再將自己陷入男女情感的一堆亂絮中去纏困跌撞。一路走來，倒也真的相安無事，不，那是在享受一人獨處所帶來的無限幸福感。可是，命運就愛捉弄人，更是對他情有獨鍾，讓他在邂逅了她的第一周，細細聽過她幽怨傾吐自己薄命的遭遇之後，情不自禁因她寫下——

電光石火

自我放逐
隕石
長年飄遊於外太空
幽冥中
無所定位
如今終於
遙遙望見一座星球

毅然作了選擇
接受地心的引力
以光的速度
急遽奔向
生意盎然的新世界

也許
一聲轟然

撼天動地
之後
若無其事
萬物復歸恒寂

也許
落地撞擊的剎那
與另一石塊
碰激一絲火花
互暖冬眠已久的心靈
照亮蟄伏陰暗的生命

　　他不理會一幫臺灣朋友的勸阻，一心要協助這名「大陸女子」脫困。她尚未完全爭得自由之身，被熟悉離婚法律程序的瑞士丈夫綑得死死，幾乎喘不過氣來。說是在外頭有了女人，分居後給她母子的贍養費一直給得疙疙瘩瘩，像是在凌遲一隻熱鍋上的螞蟻。雙方爭取離婚後那十歲兒子的撫養權，如何在單親媽媽日夜工作掙錢的困境中擺脫洋老公的無理取鬧和刁鑽，簡直把她給折磨得生死兩難。這當兒，他適時進入了她的存在空間，體貼地伴她母子一步一腳印慢慢走出黑夜。

　　他眼中的她，一個中國現代女性所擁有那種百踏不折的堅韌生命力，有股為了再創人生前景的衝天幹勁，那味兒與勁道，讓他覺得大大不同於一般臺灣的女子，他的臺灣前妻便沒這風味。眼前這個女人帶給他感動，令他敬佩，讓他那被厚塵掩埋多年的

感情再度萌芽……。她對他的若即若離，更促使他孤注一擲，他對自己解說——愛她的脫俗與空靈。

一年容易又中秋

晚風斜斜

涼伴

雨絲細細

還有餘溫嗎

我悄聲試問

上一季的熱情

遍地橫陳

焦黃

廣寒宮的仙娘凝視

楓紅滿山

老祖宗的傳說在黃皮膚下的血管

涓涓流淌

凡間那個靈魂

撩起望月的心

是月盈圓了人眼

還是人眼圓了盈月

他的生命又回歸了孤寂。這一回合，和他默默對話的，是牢房寒窗外頭那張月娘的臉，而不是當初他以為可和她「**互暖冬眠已久的心靈**」那張臉——那張已被他用瑞士小刀劃破了相的臉。揮刀劃下去的剎那，一個聲音回蕩在他心頭：「仔細看看這張臉皮後面到底藏著什麼樣的一個面目！」

　　得不到她，那是有緣而無份，認命便是了。但咽不下這口氣的，是他心靈的付出被做了最庸俗而冷酷的消費。一切心甘情願的付出，為她努力了一年的離婚奮戰，終於把勝利給逼靠她這一邊。只是沒料到，正式的離婚判決書下來之後不到一個星期，他接到她的手機簡訊：「一位暗戀我好幾年的瑞士同事，昨天突然向我求婚。感動之下，馬上就答應了他……」

　　當初她由中國來瑞士念書不到一年，便在某個舞會中認識大她近三十歲並已離過婚的瑞士老公，三個月後成了對方的妻子，同在一個屋簷下住不到一年便生下了兒子，再過不到一年又因「意見不合」而離婚。說是受不了那男人的欺凌。

　　「這些年來都是她在追對方，他比她小五歲，但她一直沒能耐把離婚的事給搞定，更不敢讓那男同事知道她還沒把婚離掉，心有顧忌……」

　　這些，都是事後她朋友夏莉憑著一股看不過眼的正義感又帶著幾許不忍而親口告訴他的。

擇伴

瑞士　朱文辉

　　夏荷決定這回也聽汪久麗的話。她毫不猶疑撥下那個三位數號碼。

　　三名男士面對一名擇伴的中國女子，各自內在的思維活動就像三稜鏡般折射出三種不同視覺效果的景象來。

　　她暗自深吸一口氣，把目光投回手中的問題紙卷上。三名男士都長得不賴，只是有點「資深」。其中排第一號的，臉形五官端正俊秀，多年以前想必是個眾人迷的大帥哥。

　　報名來參加八卦電視公司這個現場擇伴節目，是她受到南京籍好友汪久麗的慫恿半推半就之下決定的。三十七歲的久麗才大她兩歲，兩人看起來就像對姐妹花，同樣的姿色，說不上極美，卻有那麼一股中國女性吸引洋人的神秘異國風味。

　　久麗勸夏荷別再對中國男人抱有任何期待，臺灣男人也一樣。洋人比較文明有禮，重視人——尤其女人——的尊嚴。「像你帶著個十歲大的兒子，在華人社會裡還混得下去嗎？別說在咱

們祖國內地，就連歐洲這兒的華人圈，在這些男人的眼裡你頂多不過是朵即將丟進垃圾桶的凋花吧。」

幸好，棄她而去的老公必須依法付她和孩子贍養費，以此換得他和那個年輕美麗上海女友在一起的自由。法律稱這是義務，她那化學博士工程師的前夫則說這是公平交易。

夏荷的外表根本就看不出來是已經育有一個十歲兒子的女人。她雖然長得只是「普通的好看」而已，但一經攝影棚化妝師的技巧施弄，一時倒也亮麗出色。

離婚後經過久麗的「洗腦」，她真的一心只想找個相對比較具有尊重女性意識的瑞士男人，就像久麗的洋老公那般。她在節目中面對三名瑞士「比較資深的帥哥」，心頭泛起一股像是吃糖那種甜甜的感覺。倒不是非釣得個帥哥不可，而是要替自己和孩子找一個寬容接納自己的男人。照久麗的說法，歐洲男人在這方面比亞洲男人成熟，即便是在演戲，也演得較亞洲人入港，正像亞洲人尤其中國人在人情世故方面勝過西方人一樣。離婚後夏荷常收看週末的電視擇伴節目，很是佩服歐洲人比較沒有門當戶對的愛情觀，經常看到大學生上節目選個普通女售貨員的場景，令她悸動中有所憧憬。

久麗給夏荷出主意：「應該找個不算醜但也不應比自己漂亮的伴侶，這樣，男人便永遠死心塌地屬於你的。有捨才有得啊！」

「在男女關係裡，你們德語Eifersucht這個字，我們中國人用吃醋來形容。你能形容吃醋是什麼滋味嗎？」她照著稿子念出第一道問題。

「啊哈，我不知它是什麼樣的滋味，因為向來都是我把醋給人家吃！」那名長相最俊的一號資深帥哥作答，聽不出是虛榮作祟，還是在賣弄瀟灑。不過他心裡倒是這樣盤算：這女人不是特美，有點年紀了，又有個孩子，可別看上我啊！

二號資深帥哥：現在中國走紅全球，這女人肯定比我以前那個泰國女人有味道……。他回應夏荷的問題：「酸？人生若光是像舔棒棒糖，未免會有厭膩的一刻。適時摻入一點酸溜溜的味道，那美味不就像中國廚藝裡的甜酸咕咾肉嗎？」

三號資深帥哥：反正是來這節目玩玩。若是落選，至少也可以趁此在鏡頭露面之後，有機會得到觀眾的私下回應，再從中精挑出一個人兒來……。他的回答：「酸，正像吃沙拉，在法國和義大利式的沙拉醬之間，我就愛義大利式那種酸勁，淋在沙拉上送進嘴裡，嗜起來特別生鮮。」

走完三道問題之後，夏荷在猶豫中掙扎。最後她接過節目主持人遞交過來的一束鮮花，拾步朝著她必須表態選擇的一名候選男士走去。

「老天爺求你幫個忙，」望著夏荷離開發問席，一號資深帥哥心中暗自著急：「若讓這老女人選中了我，多糗啊，怕不被我那金髮美女前妻笑到死！何況，我怕孩子……」。他的眼睛不敢朝夏荷看，擺斜瞥向他左鄰的兩位同場競爭者那兒。

「我們的二號候選人丹尼爾，」節目主持人將他引到夏荷身旁：「恭喜你啦。你覺得這位中國女士怎麼樣？還喜歡嗎？」

「謝謝，開心死了，我很幸運！」

「蘇黎世市刑事局，我姓麥爾，您好！」當班的員警問夏荷：「有什麼可以為您效勞的地方嗎？」

　　「這三天來，有個男子不斷騷擾我，早晚打幾次電話逼問我為什麼在上個週末的電視擇伴節目裡故意不選他，是不是瞧不起他嫌他長得不夠帥……」

寶慶路二十三巷十五號

瑞士　顏敏如

　　那墳，簇新的。說是墳，其實倒嫌多了些，只不過是個壘起的土丘，旁邊圍著細繩，就等土木師傅砌個邊，蓋個頂，收個尾。苦主特別交代，那墓尾牆中間圓圈裡的張字得夠紅、夠蒼勁才行。前墓的姓名頭銜碑也馬虎不得，到底要洗石子的，還是安個大理石，他的家人吵了十天半個月也沒有一個結果。就連出殯那天，他父親和大伯還當著眾親友的面，差點大打出手，還是他母親的哭號，才止住了就要對衝起來的兩個男人。父親認為，就這麼個兒子，雖然死得不是很體面，死後總得給家人在這村子裡有個維持他張家原本就體面的理由。大伯卻不這麼想，說是躺在地底的他，年紀輕輕，為個無依無靠，也不知道從哪兒冒出來的小女人丟了命，怎麼也不配有個好墳，死不安寧，也是應得。

　　這麼個送葬隊伍，嗩吶、椰胡、小鈸、堂鼓的，節奏散亂，走音走調，加上女人伊伊唔唔的哭聲，惹得蠅蟲也要煩躁起來。這些人，又拜、又叩、上香、上飯、免不了也要兩個出家人頌經、安魂。大熱天，折騰了一個多小時，隊伍才又往回走，而且

歐洲華文作家微型小說選（下）

安靜了些，留下頭戴斗笠，脖子上圍著濕毛巾的墳地工人繼續鏟土、砌磚，要給那人蓋個新厝。

她在遠處的一棵龍眼樹後躲著，心，怎一個碎字了得。她眼睜睜地看著棺木是怎麼吊放到地底的。是呵，那個在陽光下刺人眼目的橘紅色木柩內躺著一個她的人，按照風水師的交代，下穴時，頭腳都要對得准、擺得正才行。

她的號啕那麼地靜默，她的錐心刺骨那麼地雲淡風輕，她的不捨那麼地撒手揮袖。溽暑的日子，她一身冰寒。

怎麼回家來，也不去記憶。她把自己洗淨，換上白衣白裙白襪白鞋，梳妝了長溜的黑辮子，安靜地坐在木桌前，拿出右邊抽屜裡的白紙，她開始幸福地寫信。寫一陣，癡笑一陣，再寫一陣，再癡笑一陣。然後輕輕折起，放入白色信封內。

那小爐就和墳一般新。啪一聲，點上了火，白信就在小爐懷裡燒了個黑，連煙也不留一陣。她望著發暈，緩緩起身，再拿出抽屜裡的白紙，再幸福地寫信。寫一陣，癡笑一陣，再寫一陣，再癡笑一陣。然後輕輕折起，放入信封內。長白的信封，中間紅框內寫上「景衣若小姐收」，左邊寄件人處，是「內詳」兩個字，紅框右邊的收件人住址處，寫著「上河村寶淀里寶慶路二十三巷十五號」。然後，她出了門，把信拿到郵局寄了，心也安了。

兩天後她收到了一封信。拆開來，讀了。她微笑著把信收入信封，把信封放入左邊抽屜裡。她從右邊抽屜裡拿出白紙，開始幸福地寫信。寫一陣，癡笑一陣，再寫一陣，再癡笑一陣。然後輕輕折起，放入白色信封內。小爐還是新，上了火的白信，片刻

不留地在她眼前一陣黑，像無夢的眠。她起身，再拿出抽屜裡的白紙，再幸福地寫信。同樣的收件人，同樣的收件地址，同樣地去郵局寄信，也同樣地放心安靜。

寫信、燒信、寄信、等信、讀信……日子過老了，辮子長累了，白衣白裙白襪洗黃了。在一個大雨滂沱疾風呼嘯的夜裡，她拖著一身的泥濘，去了不新的墳。帶著沉默的哀號，她單薄一身撲倒在大理石碑前，發銀光的閃電不住地照耀著她纖細的手指，一遍遍劃過碑上深凹的字：庚申年生，癸未年逝，張正棠。她一聲聲悠長地呼喚那只度過二十三個寒暑男子的名，寸斷肝腸……

怎麼回家來，也不去記憶。她把自己洗淨，換上白衣白裙白襪白鞋，梳妝了長溜的黑辮子，把疊滿抽屜及兩個大布袋的信全拿了出來。她讀一封，貼一封，就從她搆得著屋子的最高處開始。牆貼滿了，櫥子貼滿了，床鋪桌椅貼滿了；貼上窗時，她看到自己的淚和打在窗上的雨，相互交迭，涓涓淌下。

窗子貼滿了，地上貼滿了，她把白信往自己白色的身子上貼。還剩幾封就歸那爐子吧。點火不過一眨眼，焰光通紅，所有的白都成了無夢的黑。

雨勢大，只燒了一間屋。第二天早晨，圍站了一圈人。屋子和屋子裡的那名女子燒得俐落，就只剩了個「寶慶路二十三巷十五號」的住址鐵牌。鐵牌上仍殘留著幾顆雨水，在風裡，將滴未滴……

偷情

瑞士　顏敏如

　　因著他的職務與位階，說好了，他不來接她；即便是國際機場，這麼個離市區尚遠的公共區域？是的，即便是國際機場。特別是他的幾位同事，也和他一樣，都是認識機場比家中廚房還清楚的人，總是要防著些。

　　他仍是來了。戴著墨鏡，膚色和鬍色早已難以分辨。而冬天裡的她，總是把自己裹得一身黑。拖著紅色旅行箱出境時，赫然看到他在人群裡衝著她笑。她心裡嘀咕，在沒陽光的地方戴墨鏡，不更引人注意？他常說，有她時，他就要變笨、變鈍了。他果真沒撒謊。

　　這國家裡，男女在公共場合的親暱並不符合期望，他和她自然懂得選擇不要挑戰禁忌。他摘下墨鏡，只在她額上輕啄一下，眉睫就要隨著滿腔的喜悅飛揚。出了機場大廈，陽光突然亮了起來。不是假日，他捨棄派車和司機，開了私家車出門。他是怎麼跟妻子解釋的？

他熟稔地將車子滑出停車場，銀灰的Volvo便在公路上飛奔起來。遠處是A城晝天的摩天樓，以及摩天樓底下，人們生活中的汙穢。自然，她不是為這城市本身而來。

　　那天晚上，他們共進晚餐。他要去那家有著純白瓷盤以及垂地紗簾的飯店。她卻要他領著，去當地人喜歡光顧的地方。

　　那條舉世知名的大河裡，流水靜靜淌著。閃著俗豔彩光的吵雜餐廳就在城中那一段，離河不遠的地方。他們步上石板階梯，撿了個角落的位置。這裡暗了些，煙味似乎也跟著減少。他為她掛好黑呢大衣。他們並坐著。他談他的工作，不時在她盤內增放些東西。她原本不多吃，盤上很快便長了座小山。

　　她仍是愛微笑。有時他讓她笑得全身酥軟。遠處搖曳的燈光不經意地照了過來，她耳端的小鑽微微閃爍。他注意到了，湊過去含住那顆小石子，感覺舌尖刺痛了一下。

　　二杯紅酒後，她便要犯熱。水藍燈心絨上衣的拉鍊往下滑，索性脫了，她才覺得溫度恰當；裡頭是件無肩無袖的黑色緊身上衣，肩窩處削進了些，那有蕾絲邊的黑色胸罩便不得不露出了近三分之一。上衣背後則是鏤空地織有花朵的式樣，襯著她白皙的背，有如一朵朵粉白花鑲上了黑邊。而讓胸罩能守住她如幼兔般柔軟雙乳，在背後扣緊的細帶位置，曾是他第一次吻她時，快快劃過的那一道。他的動作輕捷，卻逃不過她超常的敏感。其實她是站在自己身後，觀看他倆陌生而又甜蜜的初次繾綣。

　　那是另一個國家，一個小村莊的一條小道。夜半時分，天上的星光其實並不害羞，只因小道兩旁的大樹緊密，繁葉把星星推離得遙遙，路，是不給看的，是每踏出一步後才生成。

他們地北天南地聊，話語在清涼的空氣裡流浪。突然，他握住了她的手。她先是一怔，卻也不敢煞住腳步，怕這麼一停下，他的溫暖就要黯然溜走。他的指頭在她的手背上摩挲，腳下的乾葉沙沙地翻譯他的心緒。她似懂非懂。

　　她的唇，粉嫩而圓潤。他知道，只要碰觸它們，只要把它們含在口中，他便要情不自禁起來。那夜，他放縱了自己的情不自禁。他揉搓著她，從上手臂到下手臂，再轉到他處去；心想，這女子怎會是這般細。

　　研討會第二天開始，他總是在她視線所及的範圍內移動。上午的休息時間，當香濃的咖啡流入她的杯子，他就已經遞上了方糖碟子。晚間的自助餐會，她端著只貼上幾片葉子的沙拉盤和人輕聲辯論時，怎麼他就湊巧地排在她身旁，為她盛了二匙的甜玉米和五顆希臘橄欖。

　　會後是三天的旅遊。事情就從那句簡單的話開始。他對她說，很高興能每天看到她。看她在皇宮旁，看她在翠湖畔。夏陽煽動他的多情，而她的髮梢總是在他的頸項旁追風。

　　現在，她終於接受邀請，到了他的國家來。用完了餐，他們踱到陽臺上。如水的夜，她披著燈心絨上衣。他的手潛上了她的背，循著紋線，他的手指在她背上畫出大大小小如夢的花朵。她依他；讓他親、讓他暱，讓他摸索她的芬芳，讓他難以自我駕馭。他聽，她在說著什麼，聲音幽幽、飄飄，像來自山洞的精靈，遙遠而透明。

　　他們沿著A城的水道走，放心地讓千年巨河在一旁陪伴。她興起玩遊戲的念頭，要在黑暗裡閉眼，要他領著她走。她要他負責她的依附與快樂，卻不要他負責她的人生。夏天，他主動偷

情；冬天，她鼓勵他偷情。沒有偷情的人生如同沒有死亡的人生，哪來的完整？

他把遊戲玩得好，不經他允許，她不得開眼。他領她回她住的飯店，他領她進了她的房間。

他的身體向她襲來，她便如同花朵般向天地敞開。天使主持了一場誘惑，在耳邊唱出了那首情歌，有少年的火焰以及少女的冰涼……

兩秒鐘

瑞士　顏敏如

　　孩子們陸續上學，稍微收拾妥當，八點不到她也出了家門。天氣仍是陰霾，至少已有兩週沒見太陽。一路上車少人少，走過安養院的園子，這溫帶國家，年底的樹葉子全掉禿得只剩二十公尺外的兩株冷杉仍墨綠地挺立過冬。洗衣房裡的三部大洗衣機又是不斷旋轉，兩個女人穿著淺綠色制服正燙熨著折疊著大概是剛收下的乾衣，一旁的美容室已有個老太太坐著等待整洗她的銀髮。這兩間緊鄰的安養院活動室全建在地下層，有明亮的玻璃窗可向上外望。她去採購一週的糧食總愛走過這園子小道，順便低頭往裡覷瞧，日子久了也識得一兩個工作人員，也大約知悉安養院的生活作息。

　　超市擴充新蓋的停車場上只有一部車擺著，花草樹木尚未種植，讓人嫌它荒涼。偌大的建築物裡人還少，從哪裡響著年輕時常聽的American Pie，記得有句歌詞彷彿是This would be the day that I die。噴上水的蔬菜不得不顯得生鮮，架上貨品乖巧多彩地站著，人人優雅地選購所需。孩子放學後得趕著上英文課，接下來是圖書館的聽故事活動，算算大概是來

不及晚餐，別忘了買些麵包讓他們在路上啃著總比餓了鬧情緒好。

推著半滿的購物車在收銀臺前排隊，前面的男子頗為高大。早晨的頭還懶著不抬，她的餘光也及不到他臉部，男人耐心等著更前面的一對母子。小孩或許剛會走路不久也根本還搆不到收銀臺，吵鬧著要把推車裡的東西自己放在輪帶上，那個媽媽只好一邊自己擺一邊遞些輕小的東西給孩子，讓他半丟半放地把物品送上輪帶。媽媽哄哄騙騙喋喋絮絮，安靜早晨的空氣硬是被劃破一道。好不容易媽媽拖拉著小孩結了賬輪到她前面的男人。這人置上了些優格、芹菜、一罐咖啡、沙拉菜、兩塊乳酪、以及兩條乾肉，是那種墨紅色以小網袋裝著，兒子曾要求可是她沒買的什麼醃肉，最後是一包牛角麵包，紙袋上還滲了些油漬，大概是他的早餐。溫熱的牛角麵包總要配以濃濃香醇的咖啡才是一天裡好的開始，這人明白他的生活。

男人已踱到輪帶盡頭，把照過條碼的東西裝在購物袋裡。她注意到這男人和她的動作一樣，把錢包隨手擱在收銀小姐面前專放找錢的壓克力小透明臺上。多少年來第一次她發現有人和她一樣的習慣。雖是錢不應露白，錢包擺在大眾眼前還是最安全。她一向這麼做，也尚未出錯。小姐食指一敲，螢幕上顯出總計，三十四塊四毛瑞士法朗。男人從錢包裡抽出信用卡插進付款機裡按上幾個數字，很快便付完了賬。她只是毫無心思地看著這人流順冷靜的動作，就像看著其他不相干的陌生人一般。

早晨的腦子一片空白。

就在男人正要把錢包放進長褲後袋內，她正想把自己的物品放上輪帶時，不知所以然地，極不經意地，她稍舉頭看了男人一眼，不料，這正迎上那似乎幾世紀以來專為此時此刻準備好與她相望的目光，直到她眼神撇開睫簾直趨他滄桑裡透著頑童般促狹的清癯面龐時，他才咧嘴對她微微淺笑，她也禮貌地回他一哂。在這極短兩秒鐘的時間裡，她地老天荒得看盡男人深棕帶有花白的柔軟頭髮，厚薄適中有著美麗弧線的嘴唇，以及唇梢接連的一朵酒渦，而那雙清明柔和的深藍眸子竟泛溢著綿綿密密的瞭解與懂得。相視了，相認了，眼光再流轉回輪帶上便是沒有悔恨。物品一一輸走，她再也無暇他顧，付了賬便匆匆將東西放入購物袋裡。走在回家的路上，心裡泛蕩起無名的不安，男人的微笑竟然不停歇地在她腦海裡澎湃翻騰，越發意義深長起來。

　　在這低沉寂寥霧氣彌漫的十二月天早晨，她大方地允許自己被一名不知名男子的一抹淺笑撩撥得心神不寧。停車場上只多了一部車，銀白色的歐寶裡跨出一名叼著特細Vogue煙，紅髮凌亂衝頂的女子，她的狼犬在車後行李座上擎著憂鬱的眼睛四下張望。安養院的地下室仍然勤轉著揮旋不去老人孤寂白日的洗衣機。幾隻烏鴉嘎鳴迴旋，相偕劃過灰厚的雲空。她聽著腳底皮靴踏地的聲響，不禁懷疑地問自己，若是那熟稔如前世相識相知的剎那再延長一秒鐘，是否就要拋夫棄子跟著那朵多情的微笑遠走天涯？

貓事

瑞士　顏敏如

　　實在不明白為什麼妻子棄我而去。那時好不容易在眾多追求者當中贏得了芳心，她也心悅誠服地與我同歡燕好，怎知不消幾天竟不告而別。天涯茫茫，叫我何處尋得嬌妻。

　　他們說我是新手，一顆心鬆軟得像海綿蛋糕，對女性也還不夠瞭解。他們更說，我的妻必定是懷有身孕才不得不躲得遠遠的。

　　「豈有此理，有了下一代才真正是一家子，我會更加疼惜她，犯不著躲著我。」

　　「你有所不知，一旦你開了戒就煞不住了。」他們雜言雜語倚老賣老地說。「你一看到老婆一定又會幹上。你老婆得餵奶，哪有時間跟你耗。你等不及了，一下子幾胞胎都會被你斃掉，老婆為了留下你的子嗣，只好走為上策。」

　　這些傢伙鬼話連篇，我決定出走天涯尋回愛妻。我越過山巔，涉過溪水，來到車稠人密的鎮上，饑渴交加，身心俱乏。為了尋回我的妻又怕她瞧見我狼狽模樣，有辱我平日形象，一面尋找一面躲閃，令我焦躁不安。

一日望見人家廊上有那麼些令我垂涎的裹腹品，顧不得平日不食嗟來食的原則，拋掉向來鄙視不勞而獲的英雄氣概，正想大步跨前，不料被一個從門後出來的傢伙撞見。

　　「嗨，你好。新搬來的嗎？怎麼沒見過你？」

　　他心懷好意地打量我，於是我立即決定和他成為莫逆之交。我實在不得不佩服自己的眼光，布魯諾不但邀我與他一塊兒進食，還很有道義地願意陪同我一道尋妻。

　　「……你想我是那種受制於荷爾蒙，衝動起來便不顧一切的下三爛嗎？」把離家原因詳告好友，原以為他會義憤填膺，與我同仇敵愾，不料他卻吞吞吐吐地說：「我自己倒是沒經驗，不過，不過聽說我們這類的，的確都是控制不住，太太不得不離家出走。」

　　布魯諾這麼一說真令我氣憤不過，大大地損傷我的驕傲卻也引起我莫大的好奇。

　　「如果你也是我們這類的，怎麼會沒經驗呢？」

　　布魯諾似乎尷尬地難以回答，他嚥了嚥口水，以低於兩倍的音量緩緩地說「屋子裡的女人不希望我在外頭惹事生非，押著我到醫生那兒一趟，出來後便什麼都不想了。」

　　我瞪大了眼睛望著我的好友，胸腔裡悶著一股雷爆，不是為了他的窩囊，而是因為對他看走了眼而思索如何懲罰自己。

　　「你知道，我是無論如何也離不開屋裡的女人。她外出前一定會為我準備連你也愛吃的Sheba牌小牛肉拌奶油醬。冬天下雪我難得出去一趟，女人便把我的飲食盛裝在水晶盤裡送到我跟前。與她結伴購物，她一定在香車裡準備好我專用的安全

帶。去年她還在一個展覽會上以一個月伙食費的代價為我買了棵「樹」。這樹一部份由粗麻繩纏繞在一根木棍上，一部份由特製絨布包裹著一個挖有圓洞的箱子，及一個平臺組成。以便我能爬上鑽下，遊玩嬉戲，磨磨久不用的閒爪。只要她出去超過兩小時，還沒等她進得門來，我就迫不及待地攀在她的頸項，貪婪地吸聞她的香水，熱切地跟她廝磨起來。我總愛臣服於她腳下，跟前跟後，對她亦步亦趨。女人的好處真是訴說不盡。她在陽臺上種了我們需要的反胃草，好讓我吃了之後能將因修飾自己而吞食的毛髮吐出來。前陣子怕我寂寞，特地買了隻由兔毛做成，內塞木屑，眼耳鼻是百分之百純棉製的玩具鼠以方便我發飆戲弄。女人不但照顧了我的生理需要，更注意我的心靈需求。今生今世我倆註定永不分離。」

聽了布魯諾這番話，我不但越來越恨他，更是毫不留情地鄙視我自己，像我這樣的威武英雄竟然流落到與這懦夫為伍。於是我輕蔑地問：「你就這麼心甘情願地被豢養著？」

「你有所不知，」布魯諾不但聽不出我話中帶刺，還得意洋洋地說：「這個國家有一半的家庭擁有寵物，其中百分之二十七就是我們同類。最近民法新規定，動物必須以同是有生命有感覺的受造物視之，務必享有尊嚴的生活與死亡。我想不久的未來，我們也一定能有健康保險，專有公墓，更有專屬律師……」

接下來究竟布魯諾又發表了些什麼謬論，我已不再仔細聆聽。我的妻就是愛我這般的豪放不羈，徜徉山水。想來還是回到我那寬廣的農家，天天沾牛屎抓小雞。夏天在蘋果樹下納涼，冬

天在馬棚裡與那夥肝膽相照的兄弟擺陣。妻子歸不歸由不得她。餵完了奶，她一定會回來與我長相廝守。我是這麼決定的。

後現代人生

瑞士　顏敏如

　　一塊鬆垮慘白的肥肉吃力地搖晃著，企圖要甩掉無情歲月所帶來的笨拙與遲鈍。肉塊下面躺著我平鋪在床，如柴的、無欲的、不帶絲毫感覺的身體。這六十六歲的「爺爺」總愛沉醉在香奈兒五號以及我青春玉體所特有的、奇異的混合味道裡。完事後，喘夠了氣，他總是賞給那居住著我遊戲已慣，狂傲不羈靈魂的身體，一張張大面額的鈔票。據說他今天和大他五歲，家裡的那個老女人大吵一架，喝多了，酒精的味道令人無法消受，現在我極需要黃玫瑰的安慰。

　　不給他點煙回味的時間，我催促著「爺爺」穿上足以掩蓋他真實自我，並能配合眾人所認同他外在身份的雙排扣西裝，將他趕出門之後，我也跟著逃離那有著粉紅色牆紙綴以白紗窗簾的單身公寓。晴陽高照，人車熙攘，在這煩囂紛亂的城市裡，我總能快樂地伸展四肢。

　　我裸露兩臂以迎接微風的親吻，被樹葉篩透的陽光流瀉於我舞在風中的紅髮。行人驚異地望著那墨鏡下，被我以淺紅畫上，以黑色加框，似乎永遠有著訴說不盡委屈的雙唇。女人們欣羨的

眼光以及男人們貪婪的眼神，豐沛了我無邊的虛榮。踱進鮮花店便如同兒時和媽媽在園子裡採花一般，我於是變得清純祥潔。媽媽曾有著滿園子的玫瑰。大半年的花期，一株株挺強怒放，任憑我們剪了又生，生了又剪。總是要到十一月半，當我立在落地窗前不捨地望著最後那朵滴血的玫瑰，皚皚的白冬才悄悄到來。現在在花店裡，雖有滿室的繽紛環繞，卻突然感到稍許的寂寥。正當我貪婪地吸聞各種花香時……「是玫瑰嗎？」我稍稍轉身一瞧，可不是蕾古拉？天，她如何變得如許癡肥！不錯，在學校時大家都是這麼喊我，就因為我無可救藥地喜愛玫瑰。他們甚至說，我是朵永不能超生的毒玫瑰。我總是有股莫測的魔力，能誘動女同學們的男友來親近我。蕾古拉圓胖的身子提起了我的興趣，我願意請一個，不比我美麗而又嫉妒我的女人喝杯咖啡。

「妳這幾年都做了些什麼？」蕾古拉好奇地問。

「沒什麼特別的。」我幽幽地說著，高貴地將修長的兩腿交疊在一起，並為自己點了根Vogue Super slim。這煙和我那塗著深紫色蔻丹的白皙手指一般，又細又長。我嗜好和不美麗的人談話，愈醜的，我愈能跟他們長談。在R城北郊的那所重度殘障之家，是我定期要去的地方。即使積雪深厚交通癱瘓，我仍是設法前往。在那兒，我是真正的女王。我幫修女們清洗那些殘缺變形的肢體，為那些瞎眼的人唸段好聽的故事。我要他們知道，只要我存在，世界就不如他們所想所看的那般灰黑。現在這街道旁陰涼的咖啡座上，透過香煙的薄霧，我不懷好意，暗中歡喜地為在我眼前的胖女人美化一番。蕾古拉的鼻子倒很適合我目前正在進行的那幅聖女圖，然而她那兩道眉，是萬萬不能採用的。

「妳現在做什麼呢？」蕾古拉再問。

「我等男人來。」

我深吸了一口煙說。

「什麼？」

蕾古拉又瞪大眼睛。這次我看清楚了她額上的皺紋。

「男人有興趣了，我讓他們來。不過只有在我不畫畫的時候。」

「妳也畫畫？什麼時候開始的？」

「我迷戀顏色，瘋狂地愛著夏格爾。他的色彩是一則古老的傳說，一齣永恆的神秘劇。在別人的作品上尋不到如此的用色。他的深藍，領我到富含悠久生命的汪洋。他的暗紅，標示著我巨大的痛失而又永不能彌補的，媽媽對我的愛。」

「妳不畫畫的時候，男人們在你那兒做什麼？」

「我出租，或更好說，我提供一個器官。男人們可將他們的憤怒、恐懼、絕望留在裡面，而重新恢復自信，再度拾回生活的樂趣。我就靠這生活。我以我的美麗換取畫作。我只要夏格爾。」

蕾古拉把目光從我臉上移開，盯著咖啡杯，她沉默許久。我注意到她臉上微妙的變化，然後她帶著哀傷的眼神問我：「妳快樂嗎？」

剛買的黃玫瑰敵不了這熱浪，得趕緊將它們插在花瓶裡。我拋下錯愕的蕾古拉，抓起躺在小圓桌旁的玫瑰，在馬路上奔跑起來。

妳快樂嗎？妳快樂嗎？……微風中飄雜著蕾古拉幽靈般的聲音緊咬著我的髮梢不放。我跑得愈快，那團團圈住我整個人的魔音便響得愈高昂。我只要夏格爾！我使盡全力猛喊回去。我只要夏格爾，我只要玫瑰，我只要媽媽，我只要夏格爾……

見鬼

瑞士　黃世宜

　　很多人都喜歡聽鬼故事。我是一個郵差，跑過很多地方送信，看過的人都比我賺的錢多，於是大家都喜歡纏著我講故事。我想一想吧，要說最恐怖的，就是關於米勒家兒子的故事。

　　那時候我剛剛新分派到一個小鎮送信。頭一次送掛號信給米勒太太，請她本人簽收，她一看寄信人，立刻含著淚水，把信退還給我，說：「我沒有這個兒子！」然後大力關上門。我看信封上明明寫著：米勒太太親收，底下還加上一行字：親愛的媽媽。但是，米勒太太都這樣了，世界上怪事本來就多，我也不好問，就帶著那封拒簽收的信回局裡了。

　　隔幾天，我又敲響米勒太太家的門。又一封掛號信，請她本人簽收。但是她一看收信人，立刻含著淚水，把信退還給我，說：「我沒有這個兒子！」然後大力關上門。我看信封上明明寫著：米勒太太親收，底下還加上一行字：親愛的媽媽。但是，米勒太太都這樣了，世界上怪事本來就多，我也不好問，就帶著那封拒簽收的信回局裡了。

再隔幾天，我又敲響米勒太太家的門。還是一封掛號信給米勒太太，請她本人簽收，她一看寄信人，立刻含著淚水，把信退還給我，說：「我沒有這個兒子！」我看看信封上明明寫著：米勒太太親收，底下還加上一行字：親愛的媽媽。但是，米勒太太都這樣了，世界上怪事本來就多，我也不好問，但是我懵了。這一封信沉甸甸的，說不定還有兒子奉養母親的體己錢！

　　怎麼，米勒太太就這麼恨她兒子？什麼事不能原諒？

　　回到郵局裡，我問同事老丹尼。老丹尼是地頭蛇，鎮裡誰放個屁，他都聞得到。問他是怎麼回事，母子不合又不是沒聽說過，叫他去排解排解，信堆在郵局老高了，米勒太太再拒簽收也不成事。

　　「見鬼了！米勒太太的兒子三年前就沒了！才十七歲呀！一群好朋友開車出去玩，結果酒駕。車禍三死一傷，唯一活著的那個傷者，就是駕駛本人啊！」老丹尼叫道。

　　「你沒記錯？不是米勒家兒子開的車？」我忍不住顫抖起來。

　　「肯定，拜託，我是這裡人呀，會不熟？米勒太太的兒子早死啦！」老丹尼睜大淡藍的眼珠，睜大再睜大，活像一個沒有瞳仁的幽靈瞪著我……

清潔車

瑞士 黃世宜

今天天氣真不錯。

老是窩在室內，所有人都想出來曬個太陽。當然，是指有錢有閒的瑞士人。比方說，就在我們這個社區裡，有點辦法的人都住上高級公寓還是別墅，有個像樣的陽臺花園什麼的。撐個陽傘，喝個咖啡，多好。

就說咱這新公寓，住起來就是爽。陽臺又寬敞又乾淨，掛著太陽眼鏡納涼，啥事也不做，就瞄瞄風景，瞄人。看對面的公寓，那真是破，不像樣。不是我說，那簡直是賊窩。看他們污七八糟的窗臺，亂扔煙蒂不說，甚至還看過有人把滿滿一大黑色垃圾袋直接從七樓往下砸。我跟來我家喝咖啡的女伴說，那對面舊公寓裡，全住著一群下三濫，沒規矩！那裡住戶要是女的肯定是雞，男的肯定沒工作又沒居留證……

砰！……

我說吧！又來了！要丟垃圾又懶得走樓梯！不守法嘛！自己拿下來交給清潔車，會死啊？非要從樓上亂丟，沒公德心。這種垃圾袋，又黑又大，扔在地上，說有多難看就有多難看！

那是垃圾嗎？好像也太大……

咳……你不知道，他們對街……

可是那一大袋垃圾……怎麼會動呢？

天啊……是跳樓！是跳樓！撥電話！快！

警車和救護車來了。趕緊把癱在地上的傷者送走。幾天後，一個非法居留的黑人死在醫院裡。

向前走，向後走

瑞士　黃世宜

> 他們彼此深信，是瞬間併發的熱情，讓他們相遇。
> 這樣的確定是美麗的，但變幻無常更為美麗。
> ——幾米，《向左走，向右走》

　　以前，在南部，有一個地方。那裡雖然炎熱多雨，但賺錢比較容易，所以吸引了很多人。人們為了安頓自己不被雨淋，在當地蓋了很多房子。人太多了，把大房子分成許多小隔間，又把這些大大小小角落分別取了不同的名字。有的叫火車站，有的叫辦公室，有的叫酒吧，有的叫商店，更多的其實叫做公寓。公寓裡一格格角落，窩著一個個的人。然後，人們把這個包含著許多小隔間的地方，統稱叫它：城市。

　　現在，就在這個城市裡，有一個男生窩在房裡，正坐在電腦前敲鍵盤。而城市的另一端呢，有一個女生，捧著筆電，歪在臥室一角，外面一如往常，飄著細雨。

　　「阿樹，你怎麼沒回我簡訊？」

　　「我不認識妳。妳好像傳錯訊息了喔？」

「Chelsea，22，OL」

「雀，雀兒什麼吸？」

男孩回訊速度明顯放慢。

「你很遜耶！算了，就叫我小雀吧。悶喔，狂送了幾百通簡訊給那死人，下雨天也不陪我……」

「死人？妳男朋友？」

「還是我們見面再聊？」

「約哪？公園的噴水池？」

「你耍浪漫啊，學幾米喔！我才不要淋雨。就約火車站，那裡店多，誰先到就先逛，免得無聊。」

「行，但火車站人那麼多，我哪認得妳？」

「如果我醜到爆，你可以假裝找不到人就閃啊，這樣我也無所謂。如果你覺得還行，那你看到有個美女好像在等人，你不會問啊！笨。」

男孩阿樹和女孩小雀就在這個大城市相遇了。不難認。女的不美也不醜，挑染髮，滿街跑的那種。又拎著人手一個的水餃包，很普通，但有一雙撲閃撲閃的眼睛，說明了她跟其他的女孩不一樣，她是等他的。

於是很有默契地，先去夜店喝點酒。打烊出來，雨還在下。阿樹就問，我們去哪？

小雀抬頭看看天空，「去你那？」

關上房門，像是要擰乾對方身上的雨，扭在一起。即使誰也沒被淋濕。

等他倆靜下來，翻過身躺在床上抽同一根煙。天花板上有兩

隻求偶中的壁虎。一前一後追來追去，睢睢大叫，怪了，在一切呻吟都靜止後，這聲音怎麼就這麼吵呢。

阿樹突然開了口：「妳男朋友也叫阿樹？」

小雀還瞪著天花板，喃喃道：「你說誰啊？」

收拾好，拉開門，她大步向前，走進雨中，不見了。阿樹關上門，往後退，倒在床上，好累。他想，她中文名字到底叫啥？媽的，連這都忘了問。

有天，阿樹約個網友在火車站商店街見面。遠遠看到一個女孩親密地挽著一個大樹般肥敦敦的中年男子走來，男子提著大包小包戰利品，全是名牌。女孩小鳥依人地挨著男子，什麼叫做小鳥依人，這就叫小鳥依人。女孩兩眼直視往前走，甜笑得旁若無人。甩在背後的阿樹，望著那個身影，她不就是小雀嗎？

阿樹倏地轉身往車站大廊的另一個方向，往後走。然後小跑了起來。該死的！新約的網友呢？妳到底在哪裡？人海茫茫，看來看去，每一個都像是那個叫Chelsea的女孩，但好像每一個又都不是那個叫小雀的她。

那夜，一個人回到房裡，連壁虎都不叫春了，雖然他知道它們都躲在某個陰暗潮濕的角落，偷窺他今夜又帶回了誰。太靜。他受不了。上網隨機找了一個暱稱叫Linda的，這是年輕美眉，肯定。他急速打下一串字傳過去，「Linda，你怎麼沒回我簡訊？」

啞巴吃黃連

瑞士　黃世宜

　　小黃夫婦在法國成了老黃夫婦。十幾年來,在法國南部某大城經營中餐館,人不僅安頓下來了,生意還紅火,分店一家一家開。老黃手上一直都需要人,漂亮帶鳳眼的服務生最理想。老黃透過門路,打理好一切年輕貌美的中國女孩能來法國的所有文件手續,人一架架飛機載來,說是留學兼打工。老黃有個痞好,他喜歡暱稱那群在店裡忙進忙出的美女服務生像某某明星,有點像皇上冊封嬪妃似的,有一個叫小章子怡,有一個叫小舒淇,他最疼愛的是一個叫小鞏俐的,因為老黃只帶小鞏俐去巴黎逛LV。

　　老黃太太不說話。幾年前,老黃生意剛剛起來,雇了幾個中國女留學生打工,她終於不再是唯一的服務生了。再幾年,她連服務生都不用做了,直接進櫃檯後面數錢。當然那是因為她是老闆娘,也誰叫她成了啞巴。生意最好的那年,她突然喝鹽酸自殺,人總算救活了,但是聲帶燒壞了。沒人想通,一個正宮娘娘當得穩穩的,怎麼會突然想不開呢?問老黃老黃也不說。啞巴怎麼還能當服務生呢?老黃更理直氣壯,繼續往中國要人,要美女。

最近經濟不好，小鞏俐聞出了苗頭。老黃的店不再要人，也不帶她上巴黎了。客人少，老黃只能跟小舒淇打情罵俏。小鞏俐不喜歡小舒淇，這個女人愛扮假天真，是為了愛可以說什麼都不要的那一種。小鞏俐看得出，老黃為了省錢，開始晾自己了。死老黃，老娘是你敢冷落的？

「笨豬！請問『公理』在嗎？」一個年輕英俊，風度翩翩的法國男士走進中餐館。

老黃冷眼看著小鞏俐迎上去。這個老法，連續三個月天天上中餐館指定小鞏俐服務，什麼意思？這是明擺著的。這個笨蛋，還說我笨豬勒。[1]

連鞏俐的音，發都發不好，還「公理」……

打烊了。小鞏俐要走。

「不上我那？」老黃聲音有點啞。

「我還有事。」小鞏俐補著妝，沒瞄一眼老黃。

「是那個老法？」老黃的聲音更啞了。

「不用你管。」小鞏俐理著低胸前襟。

「我怎麼不能管！你還想不想我替你張羅下一年的法國居留證了？沒我，你準備滾回中國吧！」老黃聲音真的啞了。

「我想滾還不能滾哪！希罕你？全法國就你有法國籍，就你有幾個臭錢？你還沒人家那張俊臉哪！」小鞏俐拎上名牌包，走了。

---

[1] 法文裡問候「Bonjour（日安）」，發音近似中文「笨豬」。

他氣惱，他委屈。打烊後的中餐館，只剩下他和啞巴老婆。她大概沒聽見老黃他們的爭吵，還在櫃檯後面垂著眼皮子，靜靜數錢。

臺灣小吃：蚵仔煎

瑞士 黃世宜

　　我們那裡的媽祖廟夜市，哪個頭家荷包最滿？你就看哪一個隊伍排最長。陳桑肯定是最大款，他家的蚵仔煎都傳三代了呀，六十年老店，六十年的排隊，六十年的銀行帳號。陳桑從小就站在大鐵板前，倒油，煎蚵，澆粉漿，添菜或蛋，最後淋醬，滋啦滋啦，煙氣一冒，鐵鏟一翻，一盤六十塊。

　　陳桑把自己的青春也煎老了，他轉眼已經六十。這個家族事業是該考慮交棒了，可是兒子還沒娶上親，他急，是該把這事辦一辦。陳桑老婆早死，兒子的媒沒人作主。陳桑一咬牙，從銀行帳號提上一大筆，買好機票，打理好一切，去了一趟大陸，帶回了媳婦。這媳婦，從大陸到臺灣，一路抹眼淚，大概是捨不得家裡。捨不得舊家的女孩子，也一定會疼惜新家的人吧？想到這裡，陳桑當時就滿意了。

　　從此蚵仔攤上排的隊伍更長了，大家都要看陳桑的大陸媳婦兒。聽說這個大陸妹，生得像某一個偶像劇裡的女主角。知不知道流星花園？她就像那個杉菜。所以媽祖廟夜市幾個小混混像西瓜恐龍他們，現在天天排隊吃蚵仔煎，嘴巴還不乾不淨哇哇亂

叫，要杉菜出來杉菜出來，可是杉菜就不出來。她很少在自家蚵仔煎攤上幫忙，她老往對街牛肉麵攤上跑。可是西瓜恐龍他們不信。

「我要一盤沒有蚵仔的蚵仔煎。」西瓜嘻皮笑臉。

「喔。」陳桑眼皮子抬都沒抬，這種怪客人不是沒遇過，六十年的老經驗，這叫「蛋煎」，不加蚵仔就是。

「陳桑，我也不要喔，蚵仔卵大無腳，吃了噁心！嘻嘻。」恐龍在旁邊插話。

「加什麼菜？茼蒿菜？小白菜？」陳桑彷彿沒聽見，若無其事地問客人。

「哈哈，我們只要大陸妹，我們要加杉菜喔！」恐龍西瓜爆笑。大陸妹在臺灣，除了字面上的意思，也是一種青菜的暱稱。

陳桑不動，他連鐵鏟掀都不掀，一股燒焦味都傳出來了。蚵仔煎燒糊了。他總算一收，盛盤。

「一盤六十塊，兩個一百二。」

恐龍和西瓜臉黑了，眼睛鼻子扭在一起，就像蚵仔煎，總是分不清哪個是菜哪個是蚵仔一樣。

「老子不吃！」西瓜恐龍兩人手一甩，蚵仔煎掉在地上，稀哩嘩啦。

「不吃也是一百二。小兄弟，夜市有規矩的。霸丸是誰知道吧，就算是他，也不能不吃我這鏟。」陳桑揚揚手上的鐵鏟，這鐵鏟，特製的純鋼薄片，夜空下閃著寒光，很嚇人。

西瓜恐龍摸摸鼻子，隨手扔了一百二，夾著尾巴閃了。閃了也好，後面排隊的人馬上蹭前兩步。陳桑的臉色，不知是被油煙

燻的，一陣黑一陣紅，依然難看。他真想大喊一聲，今天老子生意不做了，但是他不行，他家的蚵仔可是天天一大早趁鮮從嘉義東石港請專人快送來的，不煎完明天就難吃了，誰還想花一盤六十塊買他家的招牌蚵仔煎？家族事業的名號不能在他手裡砸了啊。陳桑只能忍，說到底，他還不是跟那蚵仔一樣，有卵無腳？他不能一走了之，他得在一個叫做「人生」的大鐵板上，慢慢忍受煎熬。

陳桑的兒子這時慢騰騰地從櫃檯後面出來，搖搖晃晃，拿著畚箕掃把，吃力地收拾著地上的蚵仔煎，又撿起那一百二，小心翼翼擦乾淨紙鈔上的污漬。陳桑兒子天生殘疾，沒腳。他細心收好錢，慢慢拖著兩支空蕩蕩的褲管，回到櫃檯後。

打烊了，回到家，陳桑一巴掌甩過去。

「打死你這恁沒出息有卵無腳的東西！我陳桑還差一百二孝順你嗎？就算把你那狐狸精老婆休了，老子的錢也還夠送你一個越南的！」

「阿爸……免氣啦……杉菜她，她也可憐……而且……」

「而且什麼？快講啦，你不要沒腳也沒卵了！學女人家講話！」

「她有了……」

「有了？誰的？」陳桑聲音抖著，不知是喜悅還是害怕。

「是誰的，不重要。」

兒子因為沒腿，天生矮人一截，老低著頭，別人跟他講話，是看不到眼神的。所以陳桑總是猜不著兒子真正的心意，但這聲音，聽起來幽幽的。對喔，小孩是誰的，重要嗎？陳桑整個人像

忽然吃了定心丸似的，他彷彿看見了這個家族事業，整個媽祖廟夜市歷史最悠久最賺錢的小吃攤，又搖搖晃晃站起來了。

臺灣小吃：牛肉麵

瑞士 黃世宜

　　大家都在傳，媽祖廟夜市陳家蚵仔攤的大陸媳婦，跟對街劉記牛肉麵少年頭家好上了。我們不意外，看他們忙進忙出一個擀麵，一個煮麵其樂融融的樣子，看起來就是天仙般配的夫妻。女的像日劇裡的那個杉菜，長髮飄逸，男的就是我們媽祖廟夜市的劉德華，萬人迷。

　　小劉不只有劉德華的臉，最重要的還有李遠哲的大腦。小劉會讀書，是我們夜市裡長大的小孩中，唯一考上省中的。但這也還不算什麼。小劉衝進臺大電機系的那一回，才叫驚動萬教。當年老劉免費請客一個月。這件事，老夜市人都還津津樂道：劉記牛肉麵啊，都上過美食新聞了，能撒開來吃多幸福！小劉怎麼不多上幾次臺大呢？我們就多幾次口福了。可惜人生的關卡要是像聯考一樣，有讀就有報的話就好了，人生是沒個定數的。小劉大學快畢業那年，老父親麵擀著擀著，頭一歪就沒氣了。母親呢，是早就跟人跑了，就這樣撇下小劉們。沒錯，小劉不只一個。他本想還有個哥哥可以指望，沒想到這小劉哥也不靠譜，老人死了分家產方知，哥哥欠賭債，全在老劉帳上挪動，本以為這家牛肉

麵名店累積了多少資本，原來只是個空殼，還缺個口。空殼是空殼，就算蝸牛扛著空殼也得活著。多虧夜市老大霸丸頂著排解，靠著老交情，舊帳可以勾銷，只要小劉哥走路就成，還讓小劉繼續開牛肉麵。

小劉無話可說。休學了，回來一個人悶頭煮麵。對，就一個人擀麵條，一個人守爐子燉牛肉。這也不能怪小劉當時的女朋友，也就是我們夜市裡的奶茶西施佳慧嫌貧愛富了，是他自己要求分手的，說是養不起一個家。佳慧當下聽了這話，先摑小劉巴掌，在街上撒開哭罵：「只要我喜歡，有什麼不可以？我就是要嫁你！」佳慧爹媽沉著臉拖著女兒回家，從此小劉就一個人了。

直到賀紅出現。

賀紅不喜歡被叫做什麼杉菜。老家人恨日本人。賀紅喜歡人家說她像大S。但是她不講，隨人說去。賀紅這個大陸妹就是跟臺灣女生不一樣，她從不說我喜歡我要怎樣，不像臺灣女生習慣誇張地把表情和真意一股腦掏出來。舉個例子吧，陳桑他們去中國娶親，拜別父母時，她哭的傷心，大家都說她孝順。其實是她不甘心。媒人當初講，要嫁的是某某家族企業小開，頭上也沒婆婆，賀紅以為要去臺灣當少奶奶了。沒想到見了面，新郎竟是殘廢！她咬牙不罵誰，好，等唄！

正是這個只說「等唄」的大陸媳婦，救了劉記牛肉麵。

臺式牛肉麵是功夫菜，一字秘訣，等。牛肉不只要久燉，還要擱爐上悶整天。麵團揉完更要等半晌，才能做麵條。但是這些，老劉突然暴死，沒來得及跟小劉們說。小劉接手後，起初生意大跌，老客人都抱怨難吃，牛肉沒滷爛，招牌手工麵條也沒彈

性。小劉沒辦法，只好求救兵。賀紅是中國北方鄉村出身，蚵仔煎她反而使不出功夫，且公公陳桑和牛肉麵攤一向沒矛盾。牛肉麵是所謂「外省菜」，厚、重、實，填胃。和蚵仔煎本土小吃「吃巧」的路數不同。很多臺灣人晚餐吃牛肉麵，宵夜再吃蚵仔煎，不衝突。所以當時小劉請媳婦幫忙，陳桑也沒想到會幫出問題。

還懷了孕，小劉怕。賀紅還是一句話：「等唄。」他倆想，陳桑兒子是病歪歪的殘廢，等唄。

沒想到，賀紅生下陳家蚵仔煎第五代傳人陳小豪沒多久，陳桑兒子過平交道來不及，被火車撞死了。

陳桑大哭，說這是他殺！兇手就是小劉和賀紅這對姦夫淫婦。這時賀紅也哭了，她說這是意外。好好的家裡不待著，爬這麼遠幹嘛呀。沒腿還要過平交道，能不出意外嗎？小劉也流下男兒淚，說聲兄弟我對不起你。員警作筆錄的時候，說話了，你們都別吵，這純屬自殺。多名證人親眼看見，是陳桑兒子自己歪在那裡不動的，火車都來了還在笑。

陳桑先從帳號裡提出一個小數字把兒子燒了，又從帳號裡轉了一組大數字到小劉戶頭裡。從此劉記牛肉麵在我們這個夜市消失了。賀紅把小豪撇下，聽說跟小劉去中國大陸發展，還作臺式牛肉麵生意，而且還是在北京上海這些大地方開連鎖店。大家都說，這個賀紅不簡單，衣錦榮歸啊，總算讓她等著了。

吉他手約翰

英國　林奇梅

　　約翰今年六十八歲，他和太太珍妮結婚多年，沒有孩子。

　　約翰是英國倫敦北部賀南鎮上一位有名的吉他音樂家，他也是爵士樂業餘鋼琴師，他和太太珍妮感情融洽，約翰的父親名叫吉米，今年已經八十五歲，身體硬朗、精力充沛，喜歡到處旅行，尤其喜歡到非洲沐浴陽光。他喜歡喝咖啡，偶爾還會到附近的酒館，和朋友閒聊和喝些酒，他也喜歡到舞廳裡和認識的老太太們跳舞。

　　約翰是英國玫瑰爵士樂隊的吉他手，他們的爵士樂隊每年在外地演唱的時間多，約翰很孝順吉米，自從與珍妮結婚後，照顧吉米的工作就落在珍妮的肩膀上。

　　很不幸，珍妮在五十歲時因為乳癌而過世。珍妮過世時，約翰很是傷心，那年他僅是六十歲。還算精壯而不老，雖然有想再婚的欲望，但一時也難找到對象，然而他是個男人，精力充沛偶爾也會有魚歡之樂。

　　六十五歲時，約翰自樂團退休，他雖然退休了，但是演奏音樂是他的嗜好，他不希望因此而放棄他的音樂演奏生涯。他是一

個退而不休的音樂家，很幸運，他還獨當一面地在倫敦的各個城鎮的小型的舞會裡，當起了爵士樂的業餘鋼琴師和吉他手。

在一個情人節的夜裡，約翰照例到舞會裡演奏，演唱會結束後，他認識了一個年輕的女孩。

約翰自我介紹後，很有興趣地問著對方：「請問你叫什麼名字？住在哪兒？為什麼來到這裡工作？」那女孩自我介紹著說：「我叫麗麗，來自非洲，因為家裡窮，所以我跟隨一個遠親來到了英國試著尋找工作，經朋友的介紹，來到這一個舞會餐廳裡當一個清潔工和被使喚的小妹。」

麗麗，這個名字倒是很好聽，她年僅二十二歲，長得不高不美，黑色的皮膚，大眼睛，嘴唇大而厚實，有姣好的身材和豐滿的胸脯，那翹楚的臀部，更是性感迷人。

約翰時常在舞會後與麗麗聊天，也會帶她去餐廳吃飯和到劇院聽歌。經過了幾個月的來往，麗麗偶而也來到約翰的家作客，她很會燒飯作菜，每次來到約翰的家裡，她更換穿著透明絲綢衣服，婀娜多姿，豐滿的身材展露無疑，這樣女人哪個男人不為之迷惑？更何況她又喜歡環繞在男人的身旁，約翰為之傾倒而緊緊地將她摟抱在懷裡。

從此以後，麗麗就住到約翰的家裡，她不用去餐廳做工，她燒好可口的飯菜，她懂得如何侍候年老的吉米，約翰看見父親自從有了麗麗的照顧後，顯得很是快樂，充滿了朝氣，而麗麗也懂得打扮和百般地溫柔和撒嬌，約翰自從有了年輕的女人在身旁，他很是滿足，麗麗自從與約翰同居兩年來，甚得約翰的照顧和喜歡，她更顯得標緻而富女人味，她不再窮苦，她時常寄錢回家，

她的非洲家人有了新房可居，生活上改善了很多，麗麗身在幸福中，卻沒見過她的家人來拜訪過。

有一天晚上，麗麗告訴了約翰，她已經有喜了，約翰高興得將麗麗抱起，百般體貼，他可算是老來得子，想到自己終於要作爸爸了，他像一個醉翁其樂融融。

孩子順利地出生，取名為約翰吉米，吉米也為之高興萬分，小孩子淘氣，帶來了全家人的熱鬧和快樂。

一年後，小約翰吉米開始學走路，是一個可愛的孩子，他也學說話，他會叫著：「吉米爺爺，約翰爸爸，麗麗媽媽。」

吉米因為年紀大，時常生病，他知道自己將不久於人世，有一天，他抱起了約翰吉米對著約翰說：「約翰，老實告訴你，麗麗是我愛的女人，約翰吉米是她為我生的小兒子，是你的弟弟，如今我要走了，但願你會好好照顧麗麗和約翰吉米他們母子倆。」

晴天霹靂的消息，是傷心是難過是重重的疑問？頓時，約翰不知所措，他不知如何回答爸爸吉米的問話，然而，孝順的約翰看著父親虛弱的身體和雙眼的期盼。他回頭看著身旁是一個哭喪著臉，傷心流淚的女人，麗麗竟然是他和老爸爸所愛的女人，他再回頭看著父親也只能回答：「爸爸，我會的，請你放心吧！」

吉米牽著約翰麗麗和約翰吉米的手，閉上了眼，眼角有了淚水，然而嘴邊咧出了微笑，他詳和地走了。

珍珠胸花

英國 林奇梅

　　紫葳奶奶今年已經九十五歲了，她的身體硬朗，走路時不用拿拐杖，看報紙時她也沒戴老花眼鏡，每次上教堂時，她的外衣上都別了一朵特別美麗的胸針，在教堂裡，奶奶備受教堂兄弟姊妹們的尊敬，由於年紀大了，走路時不免會駝著背走，她卻非常的獨立而不希望接受太多的扶持。

　　紫葳奶奶每個星期天都會來教堂做禮拜，她的衣服很多，所以每次上教堂時，都打扮得很漂亮，然而，她無論換上什麼外套，都別著同樣的胸花別針，那是一顆美麗的珍珠胸花，大家都非常有興趣又很好奇，紫葳奶奶為什麼老是帶著這一朵珍珠胸花別針，大家都希望能知道為什麼？

　　每當人們問起這一顆美麗的珍珠胸花的故事時，奶奶只是微笑而不回答，奶奶過九十五歲的生日的那一天，大家圍繞著祝福也為她唱生日歌，奶奶高興萬分而感動得流下眼淚，她切著蛋糕分贈給大家來品嚐。

　　圍繞著紫葳奶奶的人群中，有一位長輩名叫姍蒂，她是紫葳奶奶的侄女，她對著大家說：「親愛的朋友，今天是紫葳奶奶過

九十五歲的生日，大家為她高興和慶祝，紫葳奶奶非常的感動，她很感謝大家對她的照顧和關心。」

姍蒂又說：「奶奶知道大家對於她的珍珠胸花非常的好奇，教會裡的朋友都覺得這一枚珍珠胸花一定有令人感動和羨慕的故事，今天，奶奶同意分享她的秘密，那麼，我們一起鼓掌歡迎紫葳奶奶，為我們講她的故事吧。」

房間裡頓時非常地安靜，在座的教會朋友都肅穆以待，聽著奶奶慢慢地道出了那溫馨的感人故事：

故事發生的時間是在第二次世界大戰時，紫葳奶奶的先生名叫威廉，威廉是一個軍官，紫葳是一位護士，第二次世界大戰時，威廉和紫葳都被派到東方國家的幾個定點服務，那兒是二次世界大戰很是危險的戰區，每天都有人傷亡，這一些傷亡的人群中，最讓紫葳奶奶難過的莫過於一對年輕夫妻和一個小孩，這一對夫妻都在同一個學校教書，他們的名字是陳正雄和蘇麗美，陳老師和蘇老師為了搶救受傷的學生能及時趕到醫院接受治療，他們不顧炮彈正在炮擊的危險，熱心於搶救的工作，很不幸，學校的臨時救護中心被一顆大炸彈給襲擊了，陳老師和蘇老師雙雙都受了傷，陳老師在送往醫院的途中過世，而蘇麗美老師則受了重傷，必須在醫院開刀治療，由於開刀時流血太多，於開刀後的第三天也過世了。

陳老師和蘇老師在殘忍的戰爭下，犧牲了生命，留下了一個年僅七歲的女兒南西成為孤兒。

南西的媽媽彌留之際，將她胸上的一顆珍珠胸花取下，要我親自交給南西，我們安排南西接受了當地政府的幫助，住進了孤兒院，我和我先生於戰爭結束後，也回到了英國。

回英國後，我的先生在政府單位工作，我則在醫院服務。戰爭結束後，英國倫敦也恢復了舊觀，人們的生活也過得正常而改善，每年我們也都陸續地作了接濟南西以及海外孤兒的善舉，時間過得真快，轉眼間也過了十五年。

　　就在十五年後的有一天裡，我家的電話鈴響了，我拿起了電話機，電話傳來的是一個清脆女孩子的聲音，她的聲音很優雅而沉穩地說著：「請問你是紫葳阿姨嗎？我是住在新加坡的南西，你還記得我嗎？我是十五年來接受你救濟的南西，已經念完了大學，我要到英國的醫院接受訓練，訓練的時間大約三個月，我希望來英國時，能夠與你們見面，當面向你們說聲謝謝。」

　　我聽到南西快樂清脆的聲音，我高興得流下了眼淚，我激動地回答：「親愛的南西，我們很高興聽到這個消息，我們很歡迎你的拜訪。」

　　南西與我們見面時非常興奮，三個月的訓練期間，我們陪著她到倫敦的名勝古蹟參觀。南西要回國時，將這一顆特別有紀念價值的珍珠胸花別在我的衣服上，流下了眼淚說出感激的話，我為了紀念和緬懷那一段令人難忘的往事，從此我無論換上哪一件外套，都將此胸針別在衣服上。

　　紫葳奶奶的一番話，使大家深深地感動而難以忘懷。

情歸何處

英國　林奇梅

　　她長得美，沒化妝，瘦瘦的身材，身上背著一個黑色的小皮包，右手拖著一個大皮箱，站在倫敦培靈頓火車站的第二個月臺上，等候著一輛前往倫敦希斯羅機場的快速火車，她要離開這一個令她傷心難過的地方，沒有人為她送行，更不會有他的影子出現在這月臺的長廊上。

　　火車終於來了，她聽到了廣播的聲音，機長在月臺上吹著口哨，不久就要離開這一個讓她懷念而又傷心的地方了。她上了車，選了一個靠近視窗的位置坐了下來，這個位置最能讓她回頭再望一望這一個甚為熟悉的車站，她不知道何年何月會再來拜訪，隨著火車汽笛的聲響，她陷入了沉思，一幕幕的往事隨著車子的急駛一一的呈現在她的眼簾……

　　她的名字叫做藍媚，從小父親早逝，母親沒有再婚，含辛茹苦地撫育著她長大，母女倆日子過得甚為清苦，然而，一路走了過來，藍媚也漸漸地長大和懂事，當她念完大學，由於時代的潮流，出國留學似乎是非常的普遍，大多數的同學都在準備著出國事宜，藍媚由於家境的貧寒，她知道媽媽很辛苦，她並不寄望自

己跟隨著熱潮而出國深造，況且她也不願意就此離開了年老而一生勞苦孤單的老母親藍欣如。

身為寡婦的欣如，自從丈夫早逝，她辛苦地撫育了女兒長大，每日做工，所賺的錢雖然不多，但是天下父母心都一樣，她也望女成鳳，把女兒的前途擺第一，她不希望女兒像她從前的那個年代裡，由於家境清寒，兄弟姊妹又多，也沒有機會再去升學，而僅是一個小學畢業的女工，如今，藍媚是她唯一的女兒，自己再怎麼樣地辛苦，也要鼓勵和培育藍媚出國再深造。

藍媚來到了英國，人海茫茫，她像是一位初出茅廬的傻丫頭，此地晴空萬里，微風吹拂，卻是一個陌生的土地，她有點兒彷徨，害怕和難過，彷徨的是無所依靠，害怕的是漫長的學習旅程，不知自己是否能夠學習得好，不辜負母親對她的期望，難過的是離開了愛她的媽媽。

兩年的學習，很快地過去，學習的旅程是艱困和辛苦的，然而，也有快樂的時光，那就是她認識了一位英國人，名叫彼得。

彼得是藍媚同寢室的室友麗娜的哥哥，是她接受麗娜的耶誕節邀請而認識的朋友，彼得大學畢了業，在倫敦的一家投資公司做事，他的個性爽朗而樂於幫助人，藍媚很受其照顧和關心，彼得與藍媚深深的戀愛著，她希望母親會喜歡他，她更希望將來能獲得母親的允許而成全她與彼得的婚事。

彼得自從認識了藍媚後，他快樂，每星期五都與藍媚有約，今天雖然不是星期五，卻是藍媚通過了學校畢業考試和畢業論文的好日子。

他買了一束紅色的玫瑰和一盒巧克力，打了一個電話給藍媚：「親愛的藍媚，我搭上前往你那兒的火車，我將帶給你一個意外的驚喜。」

　　藍媚整夜都在等待著彼得的來到，她不相信彼得是信口說白話，她相信再怎麼晚，彼得都會打個電話而且會信守約定而來，可是，她的眼皮，今天卻一直在跳動著，她不知道為什麼？她希望彼得不會發生意外。

　　電話鈴聲響起，突然聽到麗娜緊急的哭泣聲：「藍媚，藍媚，哥哥發生了意外，請你……不要……不要難過。」麗娜哭泣地說著：「今天晚上，有一輛前往牛津的火車脫軌，其中有三節車廂發生了意外，哥哥就坐在其中的一節車廂裡。」

　　藍媚聽到了晴天霹靂的壞消息，有氣無力地放下了電話，她不知道自己是如何地從昏迷中醒了過來，只知道自己躺在床上，哭腫了雙眼。

　　藍媚與麗娜的父母來到教堂為彼得作了追思，她安慰了彼得父母，看見伯父母傷心的臉龐，她更為難過，她多麼希望回到自己媽媽的身邊，依偎在媽媽的懷裡好好地大哭一場。

　　火車已經到達了希斯羅機場，她上了飛機，找好了自己的座位，她安穩地坐在飛機上，聽到長榮的飛機機長以親切的華語說著：「親愛的旅客，歡迎你們搭乘長榮班機，前往臺灣，服務人員會給你們最好又親切的服務，我們將在臺灣的明天下午九點三十分到達中正機場，祝你們旅途愉快！」

兩個王強

西班牙　莫索爾

　　像是患了精神分裂症，王強的眼前浮現兩個正在劇烈爭執的他。這「兩個人」在他面前吵了三天，也讓他煩了三天。

　　那天早晨，王強如常匆匆趕去上班。他在一家西班牙的貿易公司幹市場分析和行銷。正要走進辦公大廈時，覺得好像有人從後頭追上來，並且喊著「等一等」。他本能地加快了腳步，但同時眼前黑影一閃，有根像三節棍的棒子朝他肩頸之間斜斜劈了下來。重擊之下，身子向旁跌落，頭部撞牆，疼得他彎下了腰。緊接著，腰部又挨了一棒，一陣頭暈目眩，他不由蹲坐在地。

　　「叫你站住，為什麼還要跑？」這時才看清打他的是一名高大的警察，一副打人有理的模樣。

　　「我來這裡上班，沒想到您叫的是我，您為什麼打我？」王強來西班牙已五、六年，西語表達順暢。他意識到今天遇到了麻煩，必需冷靜好好適應。

　　這時那名與高個子警察一起巡邏的另一名警察也匆匆趕來支援。他倆稍早據報有個亞洲人在附近持刀傷人，於是開車在這一

帶巡邏，遠遠看見一個亞洲人行色匆匆閃入這座大廈，研判極可能是兇嫌，便追了過來。

「剛才為什麼跑？你傷了人後，刀子丟到哪裡去了？」

「我是來這裡上班，並沒有跑，更不知道什麼刀不刀子的事。」王強辯說。聞聲跑過來的大廈管理員對警察吼道：「這位先生是在二樓的Cosmos公司上班，他犯了什麼錯，竟惹得您們這樣打他？」

大廈門口逐漸聚集了許多人，有些是來上班的，有些則是看熱鬧的行人，其中就有王強的同事阿根廷人卡洛斯，他瞭解了情況之後，也對警察說：「這位中國人是我們公司的同事，一向安份守己，您們這樣打人沒道理。」其他的人也一起附和，七嘴八舌，都在指責警察。

高個子警察覺得事態嚴重了。他本以為抓到嫌犯，卻做夢也沒想到這名中國人是在這座頗為氣派的大廈裡上班，而且西語表達很好，說話也有一股氣勢，與他平素對中國人的印象大相徑庭。查驗過他的身分證件無誤之後，便搓著雙手很不自然地說：「真對不起，我們抓錯人了，請原諒！」

「您們不分青紅皂白就亂打人，」王強生平從未有警察對他道歉的經驗，語氣不由自主地緩和了些：「我現在渾身都痛。」

「要不要我們送你去醫院？」

「我自己會去。但，請您們出示警證，我要找律師商量該怎麼辦。」

眾目睽睽之下，兩名警察只有掏出警證讓王強抄下號碼。

辦公室的同事紛紛前來表達關切和慰問，都對警察的蠻橫氣忿不已，認為應該去法院提告。卡洛斯更是熱心，催著他快去醫院驗傷，「遭警棍抽打，傷痕五個小時後便會自動消失，」他說。其他的同事則幫忙聯絡律師，根據王強的敘述寫訴狀，找來管理員和其他的目擊者簽名作證。

　　隔天星期六，王強的門鈴響了。開門一看，原來是昨天打他的兩名警察。對方站在門口一個勁地請求原諒，希望王強不要採取法律行動，說一定會記取這次教訓。

　　「唔，我接受您們的道歉，」王強一臉的嚴肅：「但我不能就這樣沒有作為，畢竟我是受害人，我還決定不下要向警察局提告，還是直接找法院…」

　　兩小時後高個子警察又打電話來道歉。王強說：「您道歉的誠意令我感動，但我無辜挨打則是個抹不掉的事實啊！」

　　警察一而再、再而三地道歉。「息事寧人」和「得饒人處且饒人」等傳統中國思維方式倒是令王強猶豫了。他心想，自己雖然遭了頓打，但並未受重傷，對方也已再三道了歉，可以說已爭回公道。若提出告訴，對方可能被判刑，甚至被撤職或短期停職，都會對生活帶來極大的影響。他的好友張子毅對他說：「我看算了吧，打官司，費時費事，即便勝算在握，總也影響日常生活。」而他國內的雙親雖也在電話裡成他採取法律行動，卻同時擔心逼得對方狗急跳牆思圖報復。

　　星期日，有個王強乙登門找上了他，整天跟他糾纏個沒完沒了，說他的外籍同事無不主張法辦，若他忍氣吞聲，豈不被大家取笑！更關鍵的是，華人在西班牙太受警察欺負了，華文報紙常有

類似的報導。例如有個在馬德里擺地攤的中國婦女，被警察取締發生爭執，挨了一頓打，事後反而遭控襲警。這兒中國人一般語言能力較弱，更不懂以法律自衛，挨打和不公罰款，時有所聞。

其實，若光只是王強甲對陣王強乙，也許雙方只會打成了個旗鼓相當，不分勝負，讓王強繼續困擾下去。不過，現在加上了女友、同事還有一般中國人「爭口氣、贏回面子」的思維作祟，這些元素力挺助陣的結果，王強乙終於擊敗了王強甲，昂起首來邁開大步跨進了G城的警局。

罌粟花前的祭奠

西班牙　張琴

秋始，倫敦的天空不時籠罩著一層層陰霾，淒風細雨，令人抑鬱不悅。

露西夫婦來到徹拉法嘎大鐘樓大道，突然看見一座豎滿英國旗幟的紀念物，飄曳著鮮紅的罌粟花，原來是二戰陣亡將士紀念碑。

前面不遠處便是全球聞名的BIGBEN，路上的遊客如過江之鯽，穿梭在大路兩旁。一個孩子執意從母親手上拿過相機：「媽媽，你讓我來拍攝可以嗎？」媽媽溫和看了兒子一眼，把相機遞上。孩子朝著諸多名勝按下快門……

巍峨的西敏寺大教堂的草坪上，罌粟花開得似血似火，把整個教堂映照得莊嚴神聖。只見有人撐著雨傘默默在蠕動。就在露西夫婦身邊，許多配帶著罌粟花的人流，也徑直朝前走去。

「走，我們也去看看。」露西的丈夫撐傘，他們彼此依偎著加快了腳步。

「哇，這麼多名字！」整個大教堂外面全是一排排整齊碑文，根本無法數清多少。只見每個名字上面嵌著一朵罌粟花，似乎對前來祭奠的人行著回禮。

人流，默然無聲移動在罌粟花跟前，每人臉上寫滿了憂傷，似乎與上帝灑下的淚，融化成一片哀愁，共同緬懷著墓碑上的逝者。

「這罌粟花宛如一顆顆還在跳動的生命，想必在對我們傾訴著什麼。」露西彎腰看著碑上一個個名字。

「您看，有照片的碑文是立過戰功的。他們犧牲時還很年輕啊！」不知什麼時候，身邊走來一位英國老人，他微僂著身軀，胸襟上也帶著一朵紅瓣黑蕊的罌粟花，面帶傷感，告訴他們自己是二戰倖存的士兵，今天特意來祭奠犧牲的戰友。露西夫婦聞之對眼前這位老人肅然起敬。「留個影做個紀念吧？」露西丈夫按下快門。

「看見您的戰友了嗎？」露西悄然接過丈夫手上的雨傘，遮在了老人的頭上。

老人彎著微駝的身子，邁著艱難的腳步慢慢向前移動，沒有任何回答，他們隨後跟上。老人突然在一座黑底白字的墓牌前住腳，指著一張年輕英俊的臉，轉身對他們說：「他叫約翰，為了掩護戰友獻出了自己的性命，犧牲時年僅二十二歲……」老人嘴唇輕輕抽動了一下，幾乎聽不到他的自語：「和我同年！」這時，他的眼睛似乎潮濕起來。

「都說罌粟花是毒品的根源，為什麼非要選擇它來祭奠這些英雄？玫瑰、牡鵑、菊花，哪樣不可取代？可就偏偏選中了世人視為美麗賊毒的罌粟花？」露西自言自語又似乎在問丈夫。

老人在一旁察覺他們的注意力為罌粟花吸引，又主動走過來滔滔不絕地介紹：「在歐洲，罌粟花被看成緬懷之花。一九一四

年，第一次世界大戰爆發，德軍很快佔領了比利時，英、法相繼出兵對抗德國。比利時的佛蘭德地區成了西線主戰場，伊珀爾市打成廢墟一片。百萬無辜士兵為了統治階級和好戰分子的利益倒在這裡，其中英軍陣亡的最多，他們就埋在這片土地下。」

「原來罌粟花被譽為緬懷之花，看來我們是孤陋寡聞了。」露西的丈夫用並不十分流利的英語與老人聊著。

他們辭別老人沿著碑文繼續看下去……

談起罌粟花，每到初春，露西夫婦在公路上駕車疾馳時，兩旁整片整片被染紅的丘陵上，開滿了紅豔欲滴的罌粟花，但它不是那種可以採取濃汁，然後再熬出鴉片的花種。

「真是開得如火如荼。」

「要不要去採摘幾朵？」露西拒絕下車。

「看得令人心碎，我們別去打擾它的安寧。」

*　　　　*　　　　*

「如果說鴉片是毒害人類的根源，那麼罌粟花卻張揚了英雄本色。再說，它在戰爭中，為傷患止疼，起到了救死扶傷的作用。人類之所以無禁止的取用，是他們的貪婪所造成的。」

「任何物質都有它的功效和害處兩者並存，就看人類如何去取捨了。不能把罪孽歸結到物質的本身。」露西丈夫的話總是充滿了哲理。

「是啊，眼前罌粟花的豔麗，是為這些英雄而開的。」

「來。把它戴上。」露西丈夫拿起兩枚罌粟花，輕輕地放了一朵在他上裝口袋裡，

另一朵別在了妻子的胸前。那一刻，他們沉默無語，隨著人流漸漸離去。

雨漸漸瀝瀝大了起來，就在他們身邊，祭奠者還源源不斷地朝著罌粟花走去。

雨夜

西班牙　張琴

當年，那場暴風雨之夜⋯⋯

地裡的莊稼收穫都已歸倉。小雅身心的荒原再度烙下迷茫，她想自己是否也該有一個「歸巢」？

當下全國知青大回城已近尾聲，小雅下鄉插隊的地方，閉塞得什麼都不知道。這時，突然收到家中來信，要她別錯過最後回城的「末班車」。

小雅並不驚訝，只是覺得是該回家了，便麻木地整裝南下。

途經汴京逗留期間，順便去探望就讀師範的高中好友柳軍。當年曾下鄉插隊的周君，也住在這座城市，小雅邀上柳軍前往。

她們徑直朝著城東白塔的方向走去。街上，昏暗的路燈閃爍著桔黃色的光。突然，天空傳來一陣陣雷鳴聲，接踵而來是那劃過天空的閃電，只見隨風刮起的片片枯葉，旋風似的不知去向。

她們來到周君住宅，一座典型的北方四合院，隨主入西房，只見床上躺著一位病懨懨的老人，想必是周君的父親。小雅遞上禮品問安時，老人挪動著身體伸出雙手接的不是禮物，而是緊緊拉著她的手。

「妞，總算見到你了，時常聽小三念叨你，多好的閨女啊！」

老人的話讓小雅丈二金剛摸不著頭。莫非周君在老人面前說了什麼傾慕她的話。

「我要回四川去了，順便來看看。」小雅一語道破來意。

「那也好，日後讓俺小三去找你。」老人爽快至極。

小雅哭笑不得，啞然無語。

「妞，俺有三個兒子，小三跟你去，俺捨得。」

坐如針氈的小雅，救兵似地瞅瞅旁坐的周君，只見他不知所措，難為情地漲紅了臉。

「跟俺來一下。」周君終於開口說話，小雅如釋重負，隨他進了東房。

「這究竟是怎麼回事？」小雅茫然想知究竟。

「我父親他，也許活不了多久啦……」周君支支吾吾，靦腆地像個姑娘。

「這與我們又有什麼關係，為何欺騙老人。」

「我沒有。有一次，父母問及我終身大事，曾提及過你的名字，沒想到父親一直記著你。」

「俺咋對老人解釋？」小雅似乎原諒了周君的莽撞。

「小雅，我可是真心……。」

「可我……再說比你大兩歲。」小雅也不知怕傷了周君，還是難以去面對老人那雙期待的目光。一時又找不到適當的詞，只好以年齡搪塞。

「我不在乎，真的！」周君似乎看見一絲希望，此時顯得特別激動，臉漲得紅紅的。

「你不在乎，可我在乎。」小雅躲著周君那雙滾燙的眼睛，急忙轉過身去。

「答應給我來信好嗎？」周君不知啥時拿出一疊八分的郵票遞在她手上。

望著站在面前的周君，他似乎是那麼缺乏自信，又像是受了傷害的孩子。

「當然。這郵票你留著自己用吧。」

只聽窗外雷聲大作，看來一場暴風雨即將來臨。這場即將到來的雨使小雅脫身回到了西房。

「大爺，天要下雨，我們該走了。」小雅和柳軍起身。

「妞，啥時再來，恐怕是見不著你啦！」老人挪挪身子骨，死死抓著小雅的手。

「大爺，您多保重……」小雅鼻子酸酸的直想掉眼淚。鬆開那雙握得緊緊的手後，狠心扭身出了大門。

街上，澆頭的雨聲，像是老人隱隱的呼喚。

「妞，今晚就住俺這吧。」周君追出來遞上一把黑雨傘。

「你回去吧，不要管我們。」小雅拉上柳軍朝學校跑去。

這一夜，小雅眼前老是浮現著父子二人期待的目光，讓她翻來覆去難以入眠。

不久，周君來信說他父親已去世，臨終時還不停叫著小雅的名字。

兩年後，小雅嫁了人，並將做新娘的消息告訴周君。之所以這樣做，是想讓他徹底放棄那份希冀。

收到信的當天，周君跑到離家好遠的龍亭一直待到拂曉，那
是一個寒冷的冬夜。

　　二十幾年過去了，當年那場暴風雨之夜，老人慈祥的目光一
直滯留在小雅的記憶裡，老人的一番話，連本帶息讓她心靈多年
一直背負著這筆沉債。

行賄

西班牙　張琴

　　一大早，倩蘭睡眼惺忪從製冷車間出來，走在廠收發室門口，只聽見外號叫馬臉的老男人衝著她喊：「你的信還要不要了？」倩蘭轉身走到老男人跟前，接過一封公函，只見信封被人撕拆過，她看了看身邊幾個長舌婦在那裡嘰嘰咕咕，倩蘭氣得就像一頭咆哮的母獅：「是誰拆了我的信？」

　　拆就拆了唄，又沒有什麼隱私，心中無冷病還怕吃西瓜？工會主席老婆很得意擤出話來。

　　就是嘛，看看也沒有什麼大不了的。不過，拖兒帶夫黃臉婆一個啦，還上什麼大學？倩蘭氣憤離開，身後是那些嚼舌根人的譏笑挖苦聲。寬慰的是，她終於等來手上這封錄取通知書，她忘記了剛才的煩惱，歡快回到集體宿舍房間裡，倩蘭拿出錄取通知書看了一遍又一遍，似乎有些不太相信這是真的。可眼前那紅色的印章清清楚楚印著：×××廣播電視大學新聞系，信裡還寫著全日制脫產學習，報名時間地點。廠裡會讓我停薪留職去讀書嗎？兒子的爺爺是廠書記的入黨介紹人，應該沒有什麼問題吧？她自說自話起來。

倩蘭換下上班的衣服，簡單梳洗一番，穿好衣服，拿起錄取通知書下了樓。

她逕自來到書記的辦公室，遞上錄取通知書：X書記，這是我的錄取通知書。倩蘭的高興被眼前冷若冰霜的一張臉給凝固了。

書記抬起鬆弛的眼皮沒有吭聲，望了一眼辦公桌對面倩蘭一眼，竟然連解釋或是反抗的機會都沒有給倩蘭，拿起筆就在錄取通知書上寫著什麼。

那一刻，倩蘭的心臟跳得很厲害，是怕拒絕還是成功的激動，心就像打翻了的五味瓶七上八下不安起來。

書記把錄取通知書遞上，倩蘭接過手一看：誰簽字誰出錢。下面是書記的名字和日期。

短短幾字似乎判了倩蘭的死刑，她一時感到頭暈支撐不住，不知道自己是怎麼離開書記辦公室的。

倩蘭拖著沉重的雙腳回到宿舍，洩氣坐在床上對著外面宿舍樓發愣。耳邊回蕩著：「你有身孕怕胎兒受影響，要換白班，那麼多人需要照顧，該照顧誰？有本事你去找上級！」車間主任朝倩蘭發著淫威。

此刻，窗外飄進一股強烈的氨氣味。這該死的味道！倩蘭起身關上了窗戶。

眼前唯一可以改變自己命運的救命稻草卻被書記給掐斷了。倩蘭不是那種聽天由命被人主宰的女子，她一定要去搏一搏。

她翻開日曆，離開學的時間迫近，失去這次機會想必今生不會再得到了。她拿著錄取通知書，隔江隔水乘車乘船去到幾十公

里外找到主管部門，這裡主事的人都是她父親在五○年代發展起來的共產黨幹部。

「你也是明白人，這縣官不如現管。書記不簽名，誰敢給你開這個綠燈？這次就算了，今後有的是機會。再說在實踐中也可以學習得到提高的。」

「是啊，即使局裡簽名，那工資誰來給你付？你總不能餓著肚子去上學吧？還是現實點吧！」

天啦，以後還有機會？早已為人婦為人母的她，難道不知道自己還有沒有機會？倩蘭不僅沒有得到滿意的答覆，更不要說討個公道了。倩蘭眼前頓時一黑，身體似乎被抽空一樣，一下暈倒在主管局門口。

如果說倩蘭是不見黃河不死心的人，倒不如說她也不是一盞省油的燈。她乾脆把家中省吃儉用節餘下的錢全部拿出來，托親托友買回老窖、郎酒、竹葉青，劍南春諸多名酒。她僥倖著把死馬當成活馬來醫，死不了就有希望。

大白天，她提著滿滿一箱子酒，邊走心裡邊琢磨著，這每月三十來塊錢的工資，都說農民的錢是雞屁股裡攢出來的，俺這錢可是兒子嘴裡省下的。眼下，父親都沒有得到俺的孝敬，這麼貴重的酒憑什麼送給你？她來到書記辦公室，打開箱子六瓶酒暴露在書記面前，書記一下就明白了。其實，她心裡賭著咒，看你狗日的敢收老子的禮，讓你吃不完兜著走！

書記看得眼睛直發愣，臉色被氣得青一塊紫一塊說不出話來。

倩蘭上大學的夢最終還是破滅了，不過，她倒像勇士一樣，提著箱子離開書記辦公室，心裡真是說不出的痛快！

　　「你也太不像話了，天底下有你這樣送禮的嗎？」父母知道後，把倩蘭臭罵了一頓。

　　「我原本就沒有打算要送他，看來他也沒有那個種收下！」

　　多少年以後，倩蘭調出這家化工廠，再到後來，倩蘭去了歐洲。

兩毛錢

西班牙　張琴

　　九○年代初夏，江陽小鎮破天荒要主辦第一屆時裝模特大賽。秋好奇地跟著朋友去看個究竟，朋友報名參加了中年組。秋心血來潮報了名交了錢，不是個人參賽，而是拉起了旗杆，要組織時裝模特隊參賽。還沒等別人反應過來，她說，這高挑的美女都花落有主，守株待兔肯定搭不起舞臺唱不了戲。那段日子，天氣特別熱，人都躲在家裡不願意出門。秋親自上街招兵買馬，把雙眼盯在來來往往年輕女子身上。就這樣她很快選中八個美女，那個子都在一米七左右，而且98%是受過高等教育的。

　　當時，秋還開著一家蠟染絲綢服裝店，她根據顧客職業、年齡、身高、氣質為她們設計款式，生意儘管不是那麼景氣，但秋喜歡為人作嫁衣，喜歡做自己喜歡做的事。那段時間，秋把所有精力，閒錢全搬用在了場地排練、布料選購、時裝設計製作上了。她既是組織者和教練，又是設計者。

　　組委會要求團體和個人參賽備禮服、休閒、民族服裝三款上陣，八個時裝模特兒就是二十四套服裝。眼前需要幾千元的費用著實讓秋為難起來，可當陣勢一旦拉開，她是沒有回頭路可走

了。秋拿出店裡的營業款和家裡所有生活費，把丈夫發的獎金全都用在時裝大賽上了。

眼看家裡就要斷炊煙沒有菜錢了，櫥櫃裡還有十來斤大米，秋不想讓八歲的兒子受到委屈，每當週末，只好讓丈夫帶上兒子去爺爺奶奶家改善生活。這樣拮据的日子大約接近大賽結束。

丈夫每天做上一大鍋稀飯，把乾的撈出來為兒子早餐做炒飯，餘下的稀飯中午晚上一家人湊合吃。這樣的生活一般人是無法承受的，可秋的丈夫和兒子沒有在她的面前說過一句埋怨的話，一家人日子雖然很苦，但那份快樂和幸福，洋溢著這個家庭。這又是一個炎熱的傍晚，秋拖著疲憊不堪的身影很晚才回到家，丈夫兒子守住每人身邊一碗稀飯，看著電視等著秋回來。

「媽媽，沒有菜。我這裡還有兩毛錢，我下樓去小賣部買包榨菜回來。」秋問兒子哪裡來的錢？他們夫婦生怕兒子在社會上學壞，不過，夫婦倆曾私下議論過，說兒子八歲了竟然不知道怎樣去花錢。「媽媽，這是爸爸給我沒有用完的早餐錢。」秋望著兒子，淚浸滿了眼眶，沒讓它流出來。一時被兒子話感動得不知說什麼是好，摸了摸起身兒子的腦袋說：「兒子真乖。再過幾天就好了。」設計全部完成了，裁縫說工錢等有了再給不遲。兒子飛快跑下樓去。丈夫插話：「沒有關係，明天單位就發獎金了。儘管不多，暫時解憂一下。」

＊　　　　＊　　　　＊

近十個參賽者（團體和私人）初賽結果出來，共有四家入圍決賽，三家國營企業入圍，唯一秋的私營企業參賽進入決賽權。無論從服裝的面料和設計來看，秋的時裝應該進入前三名，因為企業時裝全是打的廣告。可是秋最終只拿到一個優秀獎。儘管評選不公平，秋的四個模特兒參加了個人比賽，她們的服裝全部是秋免費提供給她們的。在這次個人參賽中，一個拿到第一名，兩個拿到第二名，一個拿到第三名。至於公平與不公平，無須秋說話，事實擺在那裡。不過，認死理的秋還是認為評委會不公平，打電話給宣傳部部長，竹筒倒豆子把心裡的委屈全倒了出來。這宣傳部長是秋父親的老同事，對方除了安慰她一番，秋也就是在前輩面前出出氣罷了。

二十多年過去了，秋對那次榮譽的失落早已淡漠，但始終忘不了當年兒子拿出身上僅有的兩毛錢，再就是她始終感到欠兒子太多太多……

托彼千里尋家

西班牙　張琴

　　夏晨，曙光早早撒在天地間。可眼前，家家戶戶所有窗簾被拉得嚴嚴實實。

　　巴塞隆納市郊一座別墅前，立著一條瘦骨伶仃的米色大黃狗（LABRADOR類似導盲狗），只見它朝門上「爪爪爪」地刨著。

　　珊娜說了聲：「難得一個周日，懶覺都睡不好！」隨後翻身睡去。

　　珊娜丈夫睡眼惺忪，拿起床櫃前鬧鐘一看：「鬼來了，五點多就敲門了。」他下床朝門外走去。

　　「天啦！托彼，怎麼會是你？珊娜，托彼回家啦！」珊娜丈夫發瘋似的摟抱著家犬，只見它那大眼睛裡滿是淚水，珊娜赤腳跑到門外，被眼前發生的一切驚呆了！

　　「我的媽呀！奇蹟啊！……」夫妻二人抱著心愛的托彼抽抽噎噎哭了起來。

＊　　　　＊　　　　＊

一年前的夏天，珊娜夫婦準備開車前往德國柏林朋友家度假。臨行前，珊娜丈夫告訴妻子，把托彼送到寵物收養所去。妻子就是不同意，說托彼太孤獨，要麼帶上托彼，要麼放棄德國之旅。托彼似乎懂事一樣，眼巴巴望著自己的主人，意思告訴他們不要拋棄它。對妻子的執意，再看看托彼企求的目光，丈夫還能說什麼。

　　沿途旅行的車輛來來往往，托彼舒適坐在後座上，眼睛望著車外景物，偶爾友善看看前面的主人。有時，還發出愉快的狂吠聲。珊娜回頭來親熱撫摸著托彼的頭：「親愛的，我們停車休息會，去喝杯咖啡。」似乎又在對丈夫說話。

　　「車開整整一天了，天黑遇見旅館我們就休息。」珊娜丈夫把車停在高速公路一酒吧前，珊娜下車拉開後門，托彼歡快跳了出去。隨即見它跑到牆角處，翹起後腿開始方便起來。

　　珊娜夫婦從酒吧往外看，托彼獨自蹲在酒吧外面等著他們。

　　晚上二十二點，天慢慢拉下帷幕，珊娜丈夫把車開進沿途一城市，開始尋找旅館。當他們下車，托彼又是一個箭步衝出車外，來到旅館背牆翹起後腿……

　　巴塞隆納到德國柏林大約有二千多公里，沿途經過安道爾、法國，珊娜夫婦的車，自然停留不少地方，那托彼也自然每到一處，要留下它的「傑作」。

＊　　　　＊　　　　＊

　　兩天以後，他們住進了柏林郊區朋友家。朋友家是一座典型的德國鄉村別墅，寬敞的花園開著五顏六色的植物和花卉。他們

家有一個五歲的小男孩，托彼的到來，他們很快成為玩耍的夥伴。他們這一待就是整整一月。就在臨別之前，朋友的兒子死活抱著托彼不讓上車，希望父母留下托彼。父母看著孩子傷心的模樣，再看看珊娜夫婦，大家一時沉默無語。珊娜深情看了丈夫一眼，立即打破眼前的僵局，並撫摸著孩子和托彼：「托彼不走，托彼留下。」

按照國人的話，不可奪人之愛。這西人有沒有咱們的說法就不曉得了。無奈之下，珊娜夫婦只好把心愛的托彼留下，開車離開了德國朋友家。可是，一路上，兩夫妻很少說話，彼此心照不宣，生怕對方提起托彼來，引發一場家庭戰爭。

半年前，德國朋友突然打電話來，說托彼離家出走了。珊娜丈夫一氣之下，竟然把托彼用過的所有器物，全部扔進了垃圾桶。然後，瘋狂開車獨自外出。珊娜看著丈夫失去理性的舉止，放聲大哭起來。

＊　　　　＊　　　　＊

眼前，托彼從天而降回家來了，珊娜和丈夫悲喜交加，睡意早拋到九霄雲外。他們忙前忙後，丈夫抱起托彼來到衛生間，開始放水為托彼洗澡。

珊娜拿起吹風機跟進衛生間，插上電源深情地望著丈夫和托彼，並彎腰親吻丈夫一下，兩人開始為托彼忙活。

「托彼，你一路走來吃了多少苦，受了多少罪啊！」

珊娜吹乾托彼身上毛，丈夫又抱起托彼去了廚房。

「呪呪呪！」托彼親暱回答著。

「來，看，媽咪為你準備了這麼多好吃的。」珊娜丈夫細心侍候著。托彼似乎也不客氣，狼吞虎嚥起來。

「親愛的，我馬上打電話給德國朋友，告訴他們一聲，咱們托彼回家了。」

「珊娜，你在說什麼？托彼竟然回家去了？都怪我們沒有照顧好托彼。」

「旺旺，旺旺！」托彼吃飽來了勁，對著主人高興起來，一下跨上主人的大床。

好，反正今天是周日，我們繼續睡覺。珊娜夫婦分別睡在托彼兩邊。眼前一切恢復平靜。

為主人守墓的傑米

西班牙　張琴

　　臥室燈光淡黃微弱，床上躺著一病快快垂危的老婦人，身旁坐著她的丈夫，只見床前還蹲著一隻牧羊犬，它深情注視著自己的女主人，時而抬起前爪似乎要去安慰老婦人。婦人摸著它的爪爪說：「傑米，我們沒有兒女，早視你為一家人，我走了你要照顧好荷塞，不要讓他一人孤獨。」叫傑米的牧羊犬懂事地輕輕哼了幾下，表示已經聽懂女主人的叮囑了。

　　事隔不久，婦人離世。傑米和男主人自然對已失親人感到萬分悲傷。可是，往後的日子還得繼續過下去，男主人發覺到傑米對自己，比老伴在世前顯得有些異常親熱起來。

　　在西方鄉鎮每個居住區域，幾乎都會有一座墓地。墓地被矮矮的白色圍牆圈了起來，似乎和陽間有一點區分。墓地裡有專職人員護守，護守者總是很盡心去打掃每座墳墓，安撫著亡人的靈魂。

　　偶爾，傑米獨自來到女主人墓碑前，一蹲就是好幾個小時。每到萬聖節的第二天亡靈日，它都會跟著男主人荷塞去到墓地，送上一束鮮花，然後悄悄跟著主人回家。就這樣他倆相依為命地生活著。

　　荷塞客廳裡，坐著主僕二人。

「傑米，如果有一天，我也離開了這個世界，你該去哪裡是好？」荷塞親熱地撫摸著與自己共患難走過來的夥伴，不由灑下一行老淚來。

傑米深情對著主人叫了起來，似乎在對他說：「不要拋下我，直到我也不行的那天，我們去到女主人那裡團聚。」隨後，傑米跑到臥室裡銜出一隻煙斗遞給荷塞，此刻，這個風燭殘年的老人忍不住痛哭起來。

幾年以後，荷塞病倒住進醫院，傑米發瘋似地從家裡跑到醫院，醫院不允許它入內，它只好在醫院大門前守著，守著……

「哎，多可憐的狗狗。也不知是誰家的？」凡事路過這裡的人都會看到這感人的一幕。並不斷有人送來吃喝。

一天，趁醫院人員不注意，傑米竟然打破病房玻璃窗來到男主人病床前，醫生護士聽見門窗破碎聲，隨著聲音來到荷塞病房。

「狗怎麼會在這裡？這是不允許的。」醫生下了逐客令。

「對不起，非常抱歉，就讓它和我多待一會吧？」荷塞懇請著，眼眶裡不由自主流出了眼淚。

傑米悽楚迷惑的目光死死盯著主人，似乎在對荷塞訴說：「你們都走了，我去哪裡啊？」

「傑米，看來我們能共患難，不能同生死了。無論發生了什麼，你都要堅強活下去。」

醫生和護士被眼前人與動物之間真情感動得再也無話可說，只是互相對視了一下，醫生吩咐護士把碎玻璃打掃乾淨，逕自出了門。

之後，傑米隻身又跑到墓地，來到女主人身邊，像狼一樣嚎吠起來，頓時，墓地上空傳來一陣陣淒涼，那聲音聽起來寒慘慘的令人毛骨悚然。

　　不久，荷塞離世。政府把荷塞送到火葬場火化後安葬在他的亡妻旁邊，傑米一直尾隨著來到男女主人的墓前。剛開始守墓地的人沒有注意到這一細節，可是，每天在墓地都會看見傑米待在自家主人跟前，時而發出哀傷的吠叫聲，無論怎樣趕它，就是不願意離去。

　　「親愛的，你的主人去上帝那裡了。還是跟我回家吧？」守墓人被感動領走傑米，可是傑米總在新主人離家時，悄悄躲在花園裡，等新主人的影子消失以後，它又獨自跑到墓地去了。

　　新主人見狀不忍心，每當離家前先把傑米在家關好，可是，傑米等守墓人走後，便衝破玻璃窗，依然如故跑到墓地，新主人拿傑米沒有辦法，乾脆關上墓地大門。再後來，傑米也乾脆不回新主人那裡，打那開始，它也不再為難新主人，每天孤單單蹲在墓地大門前。

　　「親愛的，你還守在這裡？」一過路婦女摟著傑米脖子親熱起來。天長日久，附近居民都被傑米的行為感動不已，不少人送來吃的喝的，冬天守墓人為傑米送來一個木箱子，裡面放了保暖的物品，傑米就這樣沒有離開墓地一步。

　　某個聖誕夜，當地人在給傑米送食物和玩具時，發現它恬睡在那個溫暖的木箱子裡一動也不動，再沒有醒來。

虎弟兄自救

西班牙　張琴

　　瀑布自高高的懸岩傾瀉而下，岩石上臥立著老虎媽媽和兩隻雙胞胎幼虎。它們正在出神俯視著山崖下白色緞子般流動的畫面，自遠而近，突然發出一陣人類狂暴的聲音來。

　　深山叢林裡，老虎媽媽身後跟著兩隻小老虎，此刻，小老虎被那巨大喧騷嚇唬得亂奔，距離母親越來越遠。當它發現兩個孩子已經不在身後，立刻發出一陣陣叫喊，但見不到孩子的身影。它野性大發，不顧一切發瘋似地往來去的路飛奔。哪想到，一場噩運降臨到它們原本安寧的身上。

　　老虎媽媽尋找了很久以後，在森林深處發現一個空空的大陷阱，知道孩子已被獵人設置的圈套綁架離開了這裡。可是，老虎媽媽又開始尋找另一個孩子，它不顧一切朝著山外跑去，卻看見一輛裝有鐵籠的越野車快速向遠方開去。老虎媽媽意會到它的兩個小寶貝已遭到了同樣的命運，絕望地昂首嚎叫起來……聲音劃破了天際和原野。

　　兩年後。

在富麗堂皇的泰國宮殿後院，一座封閉的房子的鐵籠裡，關著一隻相當強壯的少年老虎。僕人送來鮮嫩的牛肉，一直被圈養被視為高貴的「客人」，面對每天的美味佳餚，似乎並不領情，拼命撲打著鐵柵門。

國王坐在高高的寶座上，對下屬指示道：「這只小老虎已被我們飼養得非常健壯了，過些日子，去尋找一隻老虎來，讓它們較量一下高低。」下屬遵旨叩禮退出。

「小寶貝，你來到這享福了，還有什麼不高興的？快吃點東西。」國王希望在競技中，不要讓這隻老虎丟人。所以國王再三叮囑下屬不要餓壞了它，下屬用鐵叉叉起一塊新鮮牛肉放在老虎嘴裡。

集市上人流熙熙攘攘，攤位物品擺了一大片。

不遠處，圍著不少看熱鬧的人，原來是一個露天馬戲團，在一塊空地上搭起棚子，並且還用鐵柵圍了一個大圈，裡面的馴獸師，不斷在空中揮舞著電鞭，發出啪啪巨響，一隻雄偉的老虎一點都不畏懼地在火圈裡竄來竄去。等節目表演下來，它來到主人身邊，接過一塊鮮牛肉，津津有味吃了起來。

「哎，我說朋友，你們在這裡能找幾個子兒？國王陛下邀請你們去宮裡玩玩，享受從來沒享受的榮華富貴哦！」一個著裝體面的男子，對著馬戲團老闆說，可眼睛沒有離開又上臺表演的猛虎。

「朋友，那就看咱們國王出手闊氣不闊氣啦？哈哈！」馬戲團老闆回頭瞟了一眼鐵柵內正在表演的老虎。

「好，就這樣，一言為定！一月後咱們皇宮見。」男子也對老虎啾了一下。

「沒有問題，再見！」馬戲團老闆轉身吆喝著手下跑腿的各盡其責。

這是一個晴朗的日子，泰國宮殿後裡的草坪上搭了觀臺，並且也用高高的鐵柵圍了競技場，另外還安置了老虎進競技場的鐵網通道。觀看席與比賽場拉開了距離，大人孩子著裝就像過節一樣熱鬧。僕人忙前忙後侍候著主子。

「快看，老虎跑出來了。」孩子們起身拍手喊著，大人在一旁制止坐下。

眼前兩隻老虎一前一後相隔了一會的出現，觀看的人群發出呼叫聲：「這兩隻老虎好像是雙胞胎，大小都一樣？」沒錯，一隻是國王身邊的人用真槍實彈綁架走的。另一隻是馬戲團設置陷阱，後來被馴化表演的。

兩隻老虎「虎視眈眈」對視著，被馬戲團專業訓練過的那隻老虎，最終逞強猛撲了上去。國王身邊的老虎，哪見過這陣勢，還是敏捷往後退了一步。

馬戲團那隻老虎突然停止攻擊，向對方凝視了好久……一改溫柔態度，來到對手面前，翹起鼻子聞了又聞，隨即抬起前右爪撫摸著對手的臉來。對方似乎明白了什麼，立即從鼻子裡發出一種奇怪的聲響，那可是同類才明白的信號。接下來，兩隻表面上兇猛的老虎，不但沒有你死我活地相鬥起來，反而相抱你舔我，我舔你，在地上打滾，玩耍起來……

「這是怎麼回事？老虎沒有吃飽還是失去了野性？」國王對著臺下訓話。

引得觀眾大笑，一下沒勁起來，紛紛立起吼叫。

衛士們企圖激惱老虎，在圈外用長矛刺它們，用石頭砸它們。就在這一瞬間，兩隻老虎真的惱了衝出圈子，衝出觀眾席，發瘋似地朝著宮外跑去。

等著宮廷裡所有人反應過來，兩隻老虎早跑得無影無蹤。緊接著一片混亂。

「快，還不快去追。」馬戲團老闆第一個跑出皇宮，宮裡僕人拿槍拿棍棒的緊跟著後面。

追蹤老虎的人群，氣勢洶洶拉開了槍栓，結果他們赤手空拳，人類哪是老虎的對手。只見兩隻老虎已經跑到山頂，野性十足對視著即將趕到的殺手們。突然，就在它們身邊，大火熊熊燃燒起來，捕殺者們想用大火制服老虎跑出包圍圈，然後再捕獲它們。

此刻，兩隻老虎彼此對視著，馬戲團那隻老虎突然衝出熊熊的火焰群，眼前發生的一切，令皇宮裡那隻老虎驚呆起來。它不斷徘徊在火焰前不敢逼近，並來到兄弟跳出的位置看著，它最終還是沒有勇氣跳過火山。

就在這個時候，馬戲團那隻老虎突然又從火山外邊跑回兄弟面前，嘴對嘴哼了一會兒，似乎在告訴兄弟：「不要怕，只要我們從這裡衝出去，我們就勝利了。」說完，馬戲團那隻老虎，很快消失在火山那邊。沒有經過訓練的老虎，最終鼓足勇氣跳過了

火山。就在它們逃離危險地帶的那刻，只見老虎媽媽在山崗上靜靜地等待著它們。

　　綠色的山嶺間，鳥語花香，小溪潺潺流水，虎媽媽和兩個孩子臥在溪邊，它們又回到了原來安寧幸福的環境，享受著大自然賜給它們的厚愛。

漁家淚

西班牙　張琴

　　陽光靜靜灑在Vililla的哈拉馬小河上，文君在不遠處，看著一羅馬尼亞男子，釣起一條大鱸魚。她突然想起二十多年前鄰里一漁家的故事來：

　　江邊小魚船上，一漁人頭戴斗笠，身披蓑衣，光著一雙大腳，手裡提著一隻十來斤重的大鯉魚，下船慢慢上了河灘。

　　過了馬路對面，蝸居般的樓群向上聳立著。漁人爬上八層樓回到眼前這個黑不溜秋的家，看見母親坐在敞露的涼臺門前縫補，問母親：「天那麼冷，晚上又要咳嗽了，還是進屋裡做吧。」母親突然聽見兒子聲音，咳嗽著說：「今兒怎麼早就回家了？」漁人看了一眼燈光下正在做作業的孩子：「這秋已過，河水冰涼刺骨，魚總是上不了網。今天下網深，還有點收穫。」母親說：「身子骨要緊，好賴我們有個遮身的地，吃香的喝辣的沒有，稀飯一時還有的喝。捕多捕少沒有關係。」兒子拿掉斗笠蓑衣，順手放在了外面公用的過道上。把魚舉過頭頂：「母親，您看，今天咱們吃香的喝辣的！」

「爸爸，你終於捕到一條大魚了！」八歲的小女兒扔下作業，拽著父親手上魚看了又看，摸了又摸。「快去做作業，晚上讓奶奶給你們做魚吃。」

「我不要吃魚！」十二歲的大女兒突然把作業拋灑一地，跑到涼臺外面放聲哭了起來。

「這龜兒子咋的啦？好好的作業不做，小玉，誰在外面欺負你姐姐了？」漁人去到廚房放下魚，進屋彎腰撿起大女兒的書和本子。

「爸爸，我沒有看見有人打姐姐，也沒有看到有人欺負姐姐。」

「大玉，別哭，對奶奶說，究竟發生什麼事了？」奶奶起身把孫女拉到身邊。這一拉不要緊，反而越哭越傷心。

「你哭啥子嗎？老子今天總算高興一會。」漁人來到母親身邊坐在門口小板凳上，捲上自製煙吧嗒吧嗒吸著。

「那學校老師總不給我好臉色看，今天又把我安排到最後一排位置，上課根本看不見黑板上寫的什麼？」

「看不見，你不會對老師說啊？你這狗日沒有出息的東西，這也值得你回家撒潑？」

「兒啊，你讓孩子慢慢說。乖孫女，別哭了，你對爸爸說清楚。」

「班上小朋友，父親開車接送，還跟老師送去好多好多吃的用的東西，老師對他們可好了。」

「這跟你有什麼關係？」這下該輪到老實巴交的漁人不明白了。一邊歎氣一邊把那黃煙抽得吧嗒吧嗒直響。

「這又是哭啥子？這家裡的日子究竟還過不過？」漁人妻背著一背篼剛才河裡洗出來的一家人衣服，重重把它捽在公用的過道上。

漁人母親起身來到兒媳面前，拿起衣服去到涼臺開始曬。邊曬邊道：「孩子不懂事，大人就不要跟著摻和了。今天晚上我來做飯，把魚好好做來大家享受一下。大玉，來幫奶奶曬衣服。」大玉哭著：「我說過了不吃魚！」

漁人：「你不吃省下我們多吃幾口。咱家沒錢買雞買肉，自個捕的魚吃了也沒有什麼心疼的。」

「吃吃吃，你就知道吃。那孩子在學校受的氣，哪個辦？看看人家孩子，為老師送這樣送那樣，今天這魚就別吃了，給老師送去。」漁人妻發話了。

「憑啥子送給老師？我們人窮志不短，也丟不起那個人。誰都不送，也不賣了，今晚做來自己吃！」漁人起身準備去廚房。

「媽媽，我要吃魚。我和姐姐好久沒有打牙祭了。」小玉一聽母親說要把魚送給姐姐的老師，作業也不做哭了起來。

「孩子，我們家拿不出錢來買東西送給老師，這好不容易捕到一條大魚，如果再不給老師送去，姐姐的座位就調不到前面去。等爸爸下次打的魚，咱們不去市場賣留著你和姐姐吃。」漁人妻也傷心起來。

「孩子她媽，這就是你的不對了。我這把老骨頭吃不吃沒有關係，得病沒有錢治死了也省心。可你看這兩個孩子，比起同齡孩子來黃皮寡瘦的。身體垮了得病咋辦？這十幾個平方米的破房子，賣了也不值幾個大錢。是孩子身體重要還是老師重要？」

「母親，孩子難道不是我親生？難道我不知道心疼她們。可是，這個社會就這樣，不送老師禮，那孩子在學校要受委屈，日後在同學們面前也抬不起頭。」

「你這臭娘們，頭髮長見識短，魚送去孩子就長出息啦？龍生龍，鳳生鳳，生個耗兒會打洞。我們就曉得下河捕魚，孩子學習好壞完全是她們自己的事。」

「你個臭魚死的，我這輩子嫁給你算倒了八輩子楣，吃沒有吃個樣，穿沒穿個樣。你是不是準備讓孩子過我這樣的日子？」漁人妻抱起孩子放聲嚎啕大哭起來。

「媽媽，別哭，小玉不吃魚，送給姐姐的老師。」大玉看見母親和妹妹哭，連忙來到她們身邊哭著說：「媽媽，魚不送給老師，明天讓爸爸把魚賣了吧，給奶奶買藥。」一家人哭得一團糟。

「不賣了，誰要送就送去好了。」漁人去到廚房，胡亂抓了點東西塞進衣袋裡，拿起斗笠蓑衣離家下樓去了魚船上。

「不要哭了，這天黑了，乘魚還新鮮，快給老師送去吧。大玉，帶媽媽去老師家，早點回來吃飯。」漁人母親歎著氣進了廚房。

漁人妻止住哭，放開孩子起身來到廚房，洗把臉進屋拿起一面模糊的鏡子照了照自己疲憊不堪的臉然後放下。她提著魚走在前面大玉跟後，她們來到大街上，桔黃色的路燈把倆母女的身影拉得長長，很快消失在夜幕下。

恐怖的蜘蛛

奧地利　俞力工

　　天將亮，跨出後花園之際，發現昨天打掉的蜘蛛又悠然懸掛在屋簷下。

　　正感訝異，筱蘭跨出汽車，徐徐推門而進。

　　「你怎麼來了？」

　　「想來！」

　　我的心思還在蜘蛛身上，指著蜘蛛對筱蘭說：「昨天就這個時候我拿起報紙用力一揮，把它打飛了三尺之遠，可它竟然又回來了。」

　　「惹你了？打它幹什麼？」

　　「唉，昨天聽了一則新聞，一時氣憤不過，就把氣出在它身上。」

　　「什麼了不起的新聞？」

　　「法國總統宣佈動員國家財力拯救危機銀行，並堅決保護民族企業。」

　　「這不是很好嗎？有啥好氣的？」

「一九九七年亞洲發生經濟危機時，西方要員們給亞洲開的藥方卻是任由市場消化危機，於是股市跌至谷底，大量民族企業紛紛落入西方資本之手！」

　　「這跟蜘蛛又有什麼關係？」

　　「關係是沒有。只是一時怒氣難消，就只想到它目中無人，甚至覺得我家門可羅雀。」

　　驀地，又想到件事，我繼續說：「奇怪的是，昨天下午我在花園曬太陽的時候，這隻蜘蛛竟然匆匆往我肚皮上爬過去。我初時還以為它前來報仇，那樣子真有點像是肚子上綁了炸藥的恐怖分子……。」

　　「你怎麼知道是同一隻？」

　　「你看它那白胖肚子，還可能會有第二隻嗎？當時它好像正在追逐一隻蒼蠅。一隻不靠結網的蜘蛛，徒步追捕蒼蠅，真是不可思議！不論如何，它既然如此眷戀我的院子，如此鍥而不捨，至少說明此刻的蚊蠅實在太多了。還有，最無法理解的是，它竟然還敢回來。」

　　「你罵了我一通，我不也回來了嗎？我就是那隻蜘蛛。」

　　「這又是為什麼？」

　　「受了委屈，無路可走唄！」

富士蘋果與鵝肝醬

奧地利　俞力工

　　「老爸！你這蘋果哪兒買的？什麼蘋果？真好吃！」十二歲小女潔茜問。

　　老勵下班途中，在超市胡亂地撿了兩斤鮮紅的蘋果。因為沒有仔細注意價格標籤，竟說不上那是什麼品種。於是隨便回了一句：「就在街角的超市買的，看樣子像是奧地利加拉品種。」

　　潔茜的媽好奇，順手拿個蘋果咬了一口。「嗯，過去總是愛吃日本富士蘋果，如今才知道奧地利加拉蘋果香甜勝過富士，甚至更脆些！下次再多買點。」

　　老勵這下得意了起來，沒等蘋果吃完，又到超市去多買了幾斤。這回，他仔細看了標籤，上面幾個大字印著「品種：富士。產地：義大利。」

　　老勵回到家，莞爾笑說：「你們知道嗎？我們吃的就是富士蘋果，而且還是義大利種的！唉！這義大利人真賊，什麼地方的農產品賣得好，就跟著栽培。這幾年，日本大米，中國鴨梨，如今又是富士蘋果……。過不久，興許連天津小站稻都能給你端上桌！看來，我們待在奧地利，遲早什麼好東西都吃得到。」

潔茜的媽打岔說：「不過也挺逗的，我們竟然覺得這蘋果的味兒比富士還好。」

「那當然了！」老勵毫不猶豫地試作解答：「原裝蘋果得老遠從日本運來，怎麼能夠同就近的義大利複製品比鮮！再說，義大利農業技術發達，加點兒工、改點兒良，應當是輕而易舉的。」

「你還記得我巴黎那侄女的好笑事兒嗎？」潔茜的媽問。

老勵一時意識不過來，問道：「哪檔事？」

「那一年，小羅馬才六歲，暑假隨著我姐由巴黎搭韓航飛機回臺灣。登機後莫名其妙地給安排進了頭等艙。開飯時，空姐端來高檔法國鵝肝醬。小羅馬吃得搖頭擺尾，感慨地說：『我總聽人說法國菜最可口，現在才知道韓國菜更美味！』」

「我可沒忘！你姐老在茶餘飯後把這笑話說給法國朋友聽。這笑話傳來傳去傳到了法航公司那裡，後來竟把這小故事編進了法航的旅遊雜誌。」

潔茜在一旁急問：「真的嗎？法航給稿費嗎？給錢的話，我馬上把富士蘋果的故事賣給義大利人！或者，也可以拿到富士去試試！」

鳥槍與員警大人

奧地利　俞力工

　　還沒來得及下樓，門鈴又沒頭沒腦地響了一陣。打開大門，發現竟是隔了幾戶僅有點頭之交的年輕鄰居。只見他以不尋常的嚴峻態度指責我說：「我敢確定，今早和下午您都在花園裡打槍。希望您對本宅區的安危略加尊重。如果不即刻住手，別怪我不顧鄰居的禮貌，採取必要措施。」

　　我不加思索地指著一旁的侄兒說：「喔，我侄兒的確用氣槍朝花園外的荒地打了幾槍，只是我不覺得有阻止他的必要。氣槍既不會對鄰居的安危構成威脅，又沒有什麼噪音。」

　　該小夥子顯然對其聲勢之沒有奏效感到不滿，跨前一步打斷我的話說：「就算打槍的是您的侄兒，打的是氣槍，我仍得嚴重警告您，只要再幹一次，我就到警察局去告發。您可是聽清楚了！」

　　我不耐地回答：「夠清楚了，我即便意識到您為此擔心，卻對您的態度無法接受。我想，您最好是走吧！」

　　小夥子看來還不肯甘休，原以為立即可聽到一片道歉聲和再三保證，就在他準備加強威懾力道時，我關上了門。

在德、奧地區生活了幾十年，多少受了點德意志文化的薰陶，即在沒把權利、義務搞清楚之前，絕對不能示弱。事隔兩天，抽空往附近警察局走了一趟。值班員警聽了我的詢問之後，答道：「只要您的侄兒不造成破壞，任何人不得加以干預。而且，即便造成了破壞，至多涉及賠償問題，談不上對家長告發或懲罰，因為孩子手上拿的是玩具，而不是受管制的武器。請把我的電話號碼轉交給那位鄰居，並告訴他，下次騷擾鄰居前得先打電話來問個清楚。在我看來，這純粹是個個性問題。在咱國家，有這脾氣的人還不少，您就包涵點兒吧。」

當天晚上，輪到我按他的門鈴了。為了緩和氣氛，我收起尖銳的眼神，輕描淡寫地轉述了那員警的話。然而當他發現我的態度異常和風細雨，竟然上身微向前傾說：「我的態度可能是過火些，該表示歉意，但就打槍一事，我還是認為它會造成破壞，因此希望您能阻止您的侄兒。我父親是個高級警官，天天與槍為伍，卻從來不允許孩子舞槍弄棒。作為孩子，我也從不覺得有何遺憾與失落。」

我立即反駁說：「我小時候什麼東西都玩過，但就個性，我倒覺得您比我還激烈。比方說，我就不會在一個小孩面前惡聲惡狀地進行威脅，也不會沒命地按鄰居的電鈴……。」不待我說完，他急切打斷我的話：「這方面我已表示了歉意。目前該討論的是，這種武器或玩具是否該讓小孩玩！」

這時我懊惱地發現，這小子的「道歉」不過是毫無誠意的「戰略撤退」。非但如此，甚至還試圖抬出員警高官來唬人，於是便目不轉睛地盯著他說：「首先，您得搞清楚，氣槍不是

武器；其次，氣槍的危險性並不比弓箭、彈皮弓甚至橡皮筋更大……。」

他又打斷我說：「那麼，萬一造成了損害又該怎麼辦呢？」

我反問他：「如果有一天，您的孩子玩耍弓箭、彈皮弓或橡皮筋，您又會採取什麼態度呢？」

他頗為自信地說：「我會告訴他們，這是些危險的玩具。」

我接著問：「我甚至覺得您會禁止小孩做一切您認為危險的事，不是嗎？」

他說：「那倒不見得，但我至少會負起教導的責任。」

我說：「這就對了，您憑什麼認為我不具備教導的能力呢？這種判斷不是在高估自己時，又對我進行侮辱嗎？把氣槍當作武器不也是一種錯誤判斷嗎？除此之外，『造成損害』也需要有事實證明。您怎麼把主觀臆測當作事實，把自己的教育方法與生活經驗當作社會秩序或法規！至於是否讓小孩玩玩具武器，至多是一個可以提出討論的議題。就我所知，社會學界完全舉不出小孩玩玩具武器與產生犯罪傾向之間有任何因果關係。相反，喜歡舞槍弄棒和自行製作弓箭、彈皮弓的小孩，甚至可能比家教過嚴的兒童更具想像力和社會活動能力……。」

經我一陣搶白，他藉口「爐頭上正燒著東西，必須趕快回家」，並提出將會參考一下「住房守則」，改天再繼續對話。我強捺著「您早該在打擾我之前多做些準備」沒說，接受了他的建議。

夜靜時，憶及初中時同學多沉迷於武俠小說，「義俠」是許多青少年的偶像，街頭上也充滿了唐吉訶德式的「英雄好漢」（小太保）。為了「排難解紛」自己也經常身上掛彩。

有一天，父親突然問我同時可對付幾個人？我得意地告訴他「對付三、四個同齡對手毫無問題」。這時，他拿了一篇當時頗為轟動的政論要我細讀，並殷切表示，將來希望能見到我有同樣的「橫掃千軍」的本事。大概就打從那時開始，我好像突然提高了追求的指標。想想，教育靠的是啟發。如果沒有父親的開導，說不準今天的偶像仍是什麼「義俠」或「明星」。想及此，突然感到困惑，如果明天那小夥子再來騷擾，我怎麼啟發他呢？

　　朦朧間，似覺那個管區小警員的聲音又在耳邊響起：「家教是人家家裡的事，走到社會上是司法的事，你睡你的吧！」

煽情的犀牛角

奧地利　俞力工

　　銀梅隨著法蘭克福機場海關人員走進倉庫，面對堆積半個倉庫的獸皮、羚羊角、象牙、犀角、獸首標本，她不禁想到，這麼多獵物的幕後必定隱藏著規模龐大、組織嚴密的犯罪集團。還沒來得及細看，一位有過交道的海關刑警由隔壁領著一位銬上手銬的亞洲人前來提取口供。

　　銀梅按職業習慣，先嘗試與這位約莫三十歲上下的「同胞」套近乎，以便進行正式翻譯時，減少一些不必要的敵意與隔閡。通過幾個照面，銀梅推斷這位走私違禁品嫌犯所能掌握的普通話大體為零，而粵語詞彙也極為有限。再觀察其棕黃透紅的膚色，更相信他應當來自東南亞，而且平日與華人的接觸不會太多。

　　經過一陣翻譯，銀梅逐漸瞭解這位不願吐露真實國籍的嫌犯，隱藏身份的動機在於避免出獄後遭返原居地而重複遭受刑事處罰，因此採取隱瞞的辦法，企圖刑滿後取得德國的合法居留。

　　海關刑警似乎對這這種隱瞞身份的伎倆司空見慣，而其興趣，主要集中在調查該犯罪組織的脈絡。只見刑警翻開一本相冊，要求嫌犯指認他所接觸過的主事人，並再三保證，為防止該

嫌犯受到報復，不會將指認之事對外透露。除此之外，也會考慮到他的積極合作而從寬發落。

嫌犯或許對自己的「無身份」有恃無恐，竟爽快地指認了三位幕後指使人。午休時間，銀梅好奇地問海關刑警斯密特：「為何相簿上沒有亞洲人？」

斯密特笑著說：「這行業，你們亞洲人處於中、下游，而非洲上游的冒險家都是歐洲人……也可說是由德國人所壟斷。」

「德國人？這又是為什麼？」銀梅好奇地追問。

斯密特答：「我也說不上原因。可能是傳統吧。多少年來就德國人有這癖好與能耐。」

「那亞洲人呢？亞洲人又扮演什麼角色？」銀梅緊追不捨。

「亞洲人？他們多屬終端使用者，或至多像這位嫌犯，扮演夾帶走私的小角色。」

銀梅再問：「據我觀察，剛剛見到的野生動物都屬嚴加保護的稀有動物。這樣下去，還能維持幾年，難道你們管不了嗎？」

斯密特說：「這方面我不是專家。不過，據上次工作會議的專家透露，剛說的那些德國不法商人都手持好幾本護照，他們頂多算是德國裔，不是法律上的德國公民，因此不屬我們的管轄範圍。我們至多是採集證據，然後把資訊傳遞給當事國的刑事當局。至於野生動物的保護，這麼說吧，實際情況有點像美國的野牛，早在移民初期，四千萬頭野牛就給殺了。如今僅存的數百頭不過是漏網之魚。非洲情況沒那麼極端，但大多數大獵物也早在殖民主義時代就給滅了！」

銀梅心情沉重地搭乘地鐵打道回府。路上閑來無事，順手撿起一旁乘客扔下的報紙。只見社會新聞版上赫然寫著「德國機場海關捕獲一個非法販運野生動物的亞洲犯罪集團，其走私夾帶的犀牛角為中國人所迷信、好用的春藥……。」

棗紅地毯

奧地利　俞力工

　　誠光、施儀大學時代便是對令人羨慕的情侶。婚後，深怕干擾兩小口的溫馨，便沒打算生育。如果生活裡還有什麼缺失，那就是施儀老嫌客廳少了條地毯，說是「屋裡單薄，像是沒著絲襪的兩腿，光溜溜，不自在」。

　　誠光不以為意，總以「亞熱帶地區穿絲襪不自然，光著腿更顯健康、美麗」相調侃。誰知施儀為了物色一條地毯，早已暗自穿梭在專賣店之間。

　　一天，誠光下班還不及跨過門檻，驀地感到屋裡另有一番精神。只見施儀背對大門，側身躺在一條三公尺見方的棗紅地毯上，對誠光的歸來毫無反應，摸不清她是靜候丈夫的評語，還是沉醉在自己的夢幻裡。

　　誠光躡手躡腳向前挪動了幾步。他做的是紡織生意，對地毯有些接觸與瞭解。當他正想把原產地由中東、西亞排除，卻發現周邊素雅的線條頗像阿拉伯達官顯要的簽字；剛想做出「中國製造」的結論，又發現那著色是喀什米爾地區偏好的棗紅；從厚度推測是條毛織品時，表面卻折射絲織品的獨特光澤。

他默默地圍繞地毯走了一圈，伸手輕翻每個角落卻窺視不到任何標籤說明。捏在手裡不似絲料的滑溜，卻感觸到棉毛的溫柔；沒有一般機織的刻板與工整，但又找不到任何一個線頭或接頭。誠光禁不住冒出一句：「好傢伙！」

施儀露出一束柔和的眼神，食指微點，示意要他躺在身邊。誠光不解，這是對丈夫的鑒賞力的讚許呢，還是對他不追究花費的感激？繼而念頭一轉，也可能施儀認為他的所有舉止全是多餘⋯⋯。

誠光向來認為室內最為關鍵的傢俱是套合宜的沙發椅。自從地毯過門之後，發現這觀念還有修正的餘地，原因倒不是它的雍容華貴蓋過沙發椅，而是妻子成天與地毯相依，甚至不時流露出寧可放棄臥室的情緒。這使得他心生妒忌，故意讓踩在棗紅地毯上的力道加重幾斤。

這條地毯顯然彌補了施儀的所有空虛。每當客人進屋，施儀仔細掃描的絕對是他們腳下拖進的髒東西。平日待客的零嘴，也已篩選成一口進嘴、不留任何碎屑的點心。為防止小孩對地毯的欺凌，早在孩子進門前，她就妥善地把地毯捲起。施儀的執著，無形中造成了訪客的自律和迴避。誠光在一旁漸漸發現，施儀的充實，造成了自己的空虛。

在那忍無可忍的一天，誠光提出了抗議。然而妻子理直氣壯地辯說：「泥巴地，到水泥地，到地板，而後地毯，適應與否表現出生活品質與個人素質的提升，絕不能為了眷戀過去而停步不前。」說著便怡然盤腿坐在地毯中心，狀似正在吸收一個魔墊的罡氣，好為下一場激烈格鬥儲備足夠的殺傷力。

霎時，誠光一腳狠狠地踏在地毯一角咆哮起來：「不論這是哪門子生活品質，總不能讓我無地容身吧！要我拋棄一切生活樂趣來伺候腳下這怪物，那我情願住在原始山林裡！」

　　施儀絲毫不在意誠光的忿怒，對策則集中在如何讓他腳下留情，於是哀求道：「誠光！我求你輕點！」誠光給了地毯惡毒的一瞥，掉頭而去。

　　傍晚，他靜靜地踏進家門，卻發現失去了施儀和棗紅地毯的蹤跡。

七仙女的故事

奧地利　俞力工

　　「孩子們，要不要我講個故事？」晚飯後，大妹、小妹的媽發現，她倆沒有像往常一樣，吃完飯就一頭鑽進「臉書」（facebook），便想到要把握機會，說幾句忍了許久的話。

　　大妹、小妹對望一眼，似有默契地覺得應該在餐桌旁逗留一會兒，免得使做媽的太過難堪。

　　「從前啊，有個國王，生了七個女兒。個個長得一頭齊腰烏髮，闔首低垂，則順柔飽滿；步履輕移，便波濤起伏。這國家，就為了有這七仙女，聲名遠播，前來瞻仰的遊客絡繹不絕，於是也給當地帶來巨大財富。國王高興之餘，便送了每個女兒一百個精緻打造的髮夾。

　　有一天，老大的一支髮夾不翼而飛，於是就去老二房裡拿走了一支。老二發現缺少一支，又拿走了老三的。如此這般，最後就只有七公主少了一支，但她卻心安理得、不以為意。

　　此後不久，來了一位白馬王子，說是他院子裡的百靈鳥銜來一支髮夾。由於不能確定究竟是哪位公主丟失的，便特意前來詢問。

此時只見六位長公主頭上的髮夾完整無缺，唯獨小公主頭上墜下一束烏亮的美髮。王子怦然心動，便娶了她過著幸福、快樂的日子。你們知道……。」

還不待老媽結束她的機會教育，大妹沉著張臉打斷她說：「既然都有著美麗的頭髮，為何頭上卻要頂著一百個髮夾，累不累啊！要是我，就全給扔了！」

「就是嘛！」小妹接著說：「這王子也真奇怪，他似乎並不知道偷髮夾的事，而只是看上了小公主露出了一小束美髮。要是他同時看見七位公主的美麗頭髮，他該做什麼選擇？是都娶了，還是一個不要？我覺得這故事編得太次了，這樣糊塗的男人還是不嫁好！」

媽媽歎口氣：「唉，你們該幹什麼，就幹什麼去唄！」

吻

奧地利　俞力工

　　弗朗茲斜躺在床上，借著一點醉意試探娜拉的心情：「你說，我們交往多久了？」

　　「少說也有八年了。那時候我才剛出道呢。」娜拉撒了個小謊，其實她下海至少十年有餘。她繼續塗抹著妮維婭油，這也是十年來養成的習慣，每天沖洗的次數太多，皮膚乾燥得反快。

　　「你說，都八年了，就從來沒親過你。今天能讓我親你一會兒嗎？」

　　娜拉像是觸了電的一愣，但瞬即念頭一轉，假裝聽了感動不已，雙手徐徐伸到弗朗茲跨下，不留點讓他喘息的餘地，揉捏起來……。

　　「啊呀！」，弗朗茲一聲驚呼，瞪著眼說：「都是你，我還沒……，就，就完了！這不……哎！虧死了！」

　　娜拉手裡捂著幾張衛生紙，小心翼翼地邊挪動著身子往洗手間走去，邊若無其事安慰他說：「幸虧有你提醒，都八年了，今天算我請客。免費！」

「免費！」這一聲尤其說得高亢、灑脫。弗朗茲患得患失，竟不知該如何反應才好。

　　其實娜拉對弗朗茲的情況瞭若指掌，這傢夥近幾年走運，生意火紅。如果不答應他的要求，接著一定是層層加碼，願意給的銀子肯定會讓自己左右為難，尷尬不堪。為了維護自己最後一點「神聖」，還是施用那個老套，先把他打發了再說。

　　送走弗朗茲，掩上大門，娜拉看著門上掛了整整10年有餘，顏色略褪的「約法三章」（一、先付錢；二、先沖澡；三、不接吻），不由得對自己的操守、執著與機智得意起來。

　　娜拉收拾了一會兒，照例回到浴室沖洗一陣。今天可是見喬治的日子，也是她生活裡最神聖、莊嚴的一刻。

　　興沖沖地她來到了喬治的身邊。只有他，體味的散發能夠讓自己醉生夢死；只有他，能夠讓自己忘我投入；也只有他，允許用純真的吻，闖進她不設防的心扉，撫摸她聖潔的靈魂……。

　　娜拉希望滿懷地依偎在喬治身旁，炙熱的兩頰迫不及待地迎接著喬治深深的一吻。

　　耳邊傳來「你今天吻過別人嗎？」娜拉從此對吻失去了一切信心與興趣。

六百八十格的新天地

奧地利　俞力工

　　夜深人靜，搭在電腦前，以習慣的頻率滾動著一則則歐洲消息。莫名的是，曾經與心臟、脈搏一起跳動的大小熟悉事件，為何突然顯得那麼的虛無飄渺？

　　回臺執教才不過三個月有餘，卻已容不得我對歐洲的事體產生聯想和共鳴，更談不上進行批評與剖析。感覺像是在雲霧中遊蕩，手摸不著邊，腳搆不著地。這個前所未有的心境，又好似處於沙漠地帶的空虛。我不經意地打開伊妹兒收件箱，一封封來信勾起了回憶。

　　來函：「老兄，大作篇幅略大，必須割捨其中部分。煩請比照專欄框架容量，如此可以減輕我們的工作重量。見諒。」

　　回函：「遵囑照辦！」

　　一輩子讀過的時事評論專欄無以數計，可就從來沒留意篇幅大小還有硬性規定。當時想著，為什麼不把框架放大或縮小，卻讓作家束手束腳，這不成了現代八股文？不過，想了想，數十年來第一趟回臺長居，總編又如此抬愛給了我這麼一個可以發揮的園地。如今即便不予泉湧相報，至少應當，怎麼說呢……積極配合吧！

經過反覆丈量，文字加標點符號，加空格，不多不少，共是六百八十格。這可難不倒我，於是毫不含糊地量身裁衣寫將起來。

　　「兄臺，我的原意是請你多介紹點歐洲見聞，而不是加入臺灣的口水戰。改個話題行嗎？」

　　回函：「這容易，今後非歐洲問題不談！」

　　心頭卻頗不以為然，因為自認為加入臺灣論爭的都是些歐洲觀點，明說了不是有點「假洋鬼子」嗎？行，歐洲就歐洲，臺灣的事兒不碰就是了！

　　「老大，最近幾篇大作讀者略嫌陌生，是否可添點……譬如說，對臺灣的啟示，對臺灣的意義何在？」

　　這就難了，臺灣不過丁點大，啟示、意義從何聯繫起？難道要我編織個「蝴蝶效應」？不行，這太牽強，甚至沒良心。不過，話說回來，歐洲世界這麼大，總有些事兒可以與臺灣扯在一起……。

　　回函：「沒問題，放心！」

　　「大老，你最近談的歐洲問題太過邊緣，是否接觸些熱門話題，火爆新聞？」

　　哎喲，這就難了！歐洲目前激烈爭議的是，是否該往阿富汗增兵；關心的是，法國即將通過禁止伊斯蘭婦女在公家機構、公開場所頭戴面紗的法令；還有，歐洲天寒地凍、大風雪侵襲……這些事體，還真是與臺灣風馬牛不相及。

　　經過一陣磨合，終於深深領會老總編為了突破臺灣的封閉，處心積慮要利用這專欄來開拓個「國際視野」。想想，這立意固

然不錯，為難的是，三個月來，聽的、看的、嗅的、觸摸的、討論的、得到回饋的盡是寶島牌信息。生活起居、綜合媒介尚且如此，單靠網際網路的蒼白消息又如何滋潤那敏感神經？

　　疲憊的雙眼越來越沉，由是隱約地感到，平鋪在稿紙上的六百八十個格子，突然間變形為疊嶂重岩，讓人透不過氣。

英雄

奧地利　王若珠

　　這個星期，力工住院做一個徹底的心臟檢查，家裡只剩我和Jessica兩個人。當然有些辛苦，因為除了上班還要送她上學、接她下學，下了班還要帶她去看爸爸……。

　　昨天一早醒來，走到樓下，很驚訝地發現鐵捲門（為了防盜，我們在花園玻璃門外又加了一道手動鐵門）竟然捲上去了！我明明記得晚上在客廳看電視時，把它給放下來了的。往外一看，花園鄰街的小鐵柵門也敞開著。四處巡視一番，家裡顯然沒有少掉任何東西，也就不以為意。

　　我沒有立刻去叫Jessica起床準備上幼稚園，好像記得夜裡她曾起來跟我講了一陣子話，還問我有沒有低血糖，又好像曾經緊緊的抱著她，跟她說我很愛她。想她可能太累了，該讓她再睡一會兒。

　　我一面給她準備要帶到學校的小點心，一面奇怪我的左手掌怎麼青了一大塊，很痛，像是撞到什麼了，可是記憶中昨天並不曾發生過這樣的事。

　　到了七點半，我去叫她：「Jessica，趕快起來了，不然會遲到的。」她哼著、哼著，不願起床。

「可憐的小東西，晚上以為我低血糖了，想要照顧我，搞得很累，所以現在起不來了，是不是？」

「就是呀，我發現你低血糖了，我就起來救你。」

我笑了起來，有時晚上她因腳痛要我給她按摩或要上廁所叫我陪她，我如不理會，她就一口咬定我必是低血糖了。

「是嗎？你怎麼會發現我低血糖呢？是不是因為要我陪你去噓噓，我沒有起來，所以你以為我低血糖了呢？」我猜，大概是我睡得太沉了，沒有聽到她叫我。

「才不是呢！一個很大的聲音把我吵醒了。我起來，看到你不在床上，到洗澡間，發現你跌在澡缸裡了！我還去叫Nara（鄰居小孩）的爸爸（醫生）來救你！可是他們沒聽到我敲門。」

我大驚，猛然想起確實有過這一幕。我好像坐在澡缸邊，不知怎地我整個人往後跌進澡缸裡了！摔得很重！手掌上的瘀痕應該就是這樣來的！

「你摔在澡缸裡，我想把你拉起來，可是不行，我拉不動。你跟我說你自己會起來，可是你老是不起來，我很著急，問你什麼時候起來，你竟然跟我說：『我剛剛才起來的』。真可笑！其實我是在問你什麼時候才要從澡缸出來，你卻告訴我你剛剛起床。」

我好像記得我費了很大的力氣，掙扎著要起來，卻怎麼也起不來。

「你嚇壞了吧？以後如果發現我低血糖的話，給我吃點葡萄糖就好了，用不著去找Nara的爸爸的。」

「我是到廚房去給你找糖了呀！」

「是嗎？那麼高你怎麼拿得到？」

「當然拿得到，我搬椅子爬到櫃子上找，我到處找，可是兩邊的櫃子都沒有你的糖，我只好到冰箱（也要椅子才搆得到）裡去找果汁，也沒有，我就想還是不要再找了，趕快去叫Nara的爸爸來算了。」

我突然想到，這次去旅行前，怕路上出事，我把葡萄糖全帶走了，回來後，卻忘了放回原地。

「真的自己跑到隔壁去了？」

「真的。」

我覺得不可思議。「回來時一定忘了鎖門吧！」我開玩笑地挑她毛病，以為她一定走前門，回來後，一定沒想到再把鑰匙鎖上。

「我鎖了，可是我不會把鐵門放下來。」

「鐵門！你從後門出去的？那道鐵門本來真的是放下來的！鐵門那麼重，你怎麼拉得上去呢？」我簡直無法想像！

「我當然拉得上去，上次跟Katharina一起抓蚱蜢的時候我就拉過了。」

「那麼花園外面的小柵門也是你開的？」

「是呀，可是Nara家花園的小柵門我打不開。我只好回到我們家的花園，從籬笆翻過去。我一直敲他們的門，拼命敲，也沒人來開，我氣得半死，就回來了。」

「為什麼不走前門呢？前門可以按電鈴呀！」

「可是我不想按電鈴，電鈴會把他們家的小Baby（Nara的妹妹）吵醒的。」

「然後呢？後來還發生什麼事？」

「我上樓發現你已經自己坐在床上發呆了，然後我帶你到驗血的桌子，叫你趕快驗血，看看你是不是低血糖了。」

現在我想起來了，大約就在這時，她發現樓下的燈沒關，她還跟我說：「唉呀！我忘了關燈，你等一下，我去關了就來。」

依稀記得當時我好像還問她：「樓下的燈為什麼會開著？」她匆匆地奔下樓去，關了燈立刻又上來了。回到床上後，她問我是不是好一點了，我似乎說：「沒事了，你快睡吧！」「我真的很累了。」她說完，翻身睡下。

記得那時我還看了一下電子鐘，是三點五十二分。

夜裡溫度往往只有六、七度，想到她只穿了薄薄的睡衣，我鼻子酸酸的。

「三更半夜，外面一定很冷，你凍壞了吧！」我問道。

「沒有啊！」想了一下，她又說：「外面是很冷，可是我不覺得冷。」

這時，我差不多也已把零星、破碎的記憶又組合完整了。想到一個五歲不到的小孩，可以這麼冷靜地處理這樣的難題，我真是百感交集……。

「沒想到你這麼勇敢、這麼鎮靜，讓你那麼辛苦，真是對不起。我覺得你是一個真正的小英雄！」

「我不是小英雄，我只是膽子比較大。小英雄是什麼？」

「英雄是說你碰到事情的時候一點都不害怕，會想好多辦法去解決困難。你實在很棒！太了不起了！」

「我想了很多辦法，可是都沒有成功！」

「雖然沒有成功，可是你還是一個很棒的小英雄！」

「你覺得我很棒嗎？你真的這樣覺得嗎？」

「真的。」

她面露得意之色，稍晌，又有點不好意思地說：「其實我是害怕的，我有點不敢去找Nara的爸爸，可是我想了一下，決定還是去吧！」

（一九九八年九月，吉卡五歲的真實故事）

後記：次日，上床之前，她用手指著我，說：「你今天晚上可不要再低血糖了！不要給我麻煩。」

倫敦機場

奧地利　王若珠

　　我和Jessica由LA乘英航回維也納，中間需在倫敦換飛機，要等四個鐘頭。還早，我就帶著Jessica到免稅商店區，那裡有很多位子可以坐。我找了兩排空位，自己睡了一排，叫Jessica睡在對面那一排，她不肯，過來躺在我腳下，擠在一排。

　　不知過了多久，聽到一些說話聲，聲音像是來自很遠的地方，很不真實。我迷迷糊糊地睜開眼睛，覺得有一些人正低頭看我，我趕緊又閉上眼睛。

　　「我已經給她吃了糖了，她有病，她只需要吃點糖就行了。」一個小女孩在說話，清脆的聲音似曾相識。

　　我尋聲望去，小女孩叫道：「媽媽！媽媽！你醒啦！」

　　啊！原來是Jessica！這是哪裡呀？怎麼這麼陌生？這麼多的商店！這麼多的人！我掙扎著要坐起來。有人幫了我一把。我看到兩個穿制服的女人很關切地望著我。

　　見我已醒，其中一人問：「太太，您怎麼了，好一點沒有？」我本能地點點頭。

Jessica用中文跟我說：「媽媽，你剛才低血糖了，我已經給你吃了兩顆糖了！」

「要不要叫醫生？要不要送你到醫院去？」穿制服的人問道。我搖搖頭。但覺得很冷，全身在發抖，舌頭也不聽控制，不能講話。

「不需要醫生，她現在已經好了。」Jessica替我說道。

「可以告訴我你是什麼病嗎？」

「糖尿病。」我口齒不清、吃力地回答，舌頭像打結了似的。

「對了！就是糖尿病！我忘了這個字了。」Jessica叫了起來，她的英文還不是很好，常常找不到要用的字。

「啊！原來是糖尿病！你確信不需要叫醫生嗎？」

我虛弱地搖搖頭。被汗濕透的衣服使我感覺越來越冷，全身縮成一團，抖得更厲害了。

「我媽媽現在還不能講話，不過她真的不需要醫生了，我已經給她吃過糖了，她等一下就會好的。」她把我雙腳搬上了椅子，兩手按著我的肩膀，試著讓我躺下，又用中文跟我說：「現在沒事了，你再睡一下吧！」但我堅持要坐著。

「你們是從哪兒來的？」那人問Jessica。

「我們是中國人。」Jessica答。

「你知道你們要去哪裡嗎？」

「維也納。」

「可以把你們的登機證給我看看嗎？」那人轉身問我。

登機證？我愣住了，但直覺地在皮包裡摸出裝著機票的小包交給她，她道謝地接過去。我慶幸自己反應正確。

翻看了一下，她將機票還給我，說：「現在怎麼樣？您真的覺得自己好些了嗎？」

　　「我好了，沒問題了！」我儘量簡短地回答，仍感覺自己眼睛的焦距還不能完全集中，刻意避開她的視線。

　　「好極了！那麼，我去找人來幫你忙。我工作的地方就在那邊。有什麼問題請隨時再來找我。」她指著英航服務櫃檯。

　　「謝謝。」

　　她們走後，Jessica問我：「媽媽，我們的行李怎麼辦？」

　　「什麼行李？」

　　「你不是說我們的行李會直接飛到維也納嗎？可是我們現在還在這裡，我們一定趕不上飛機了。」

　　「唉喲！糟糕！」

　　我這才想起來我們是在倫敦機場等著轉機。飛機應是下午六點半要起飛的，我著急地環視了一下大廳，後面有個大鐘指著五點二十分。「放心，我們還來得及。」我噓了口氣。

　　「到底是怎麼回事呀？我低血糖得很厲害嗎？」我問。

　　「就是呀！我睡醒後叫了你幾次，每次叫你，你睜一下眼睛，呆呆的說：『嗯？』，閉上眼睛又睡，看起來糊裡糊塗、笨笨的。我趴在你的肚子上哭了。有兩個人過來，問我要不要吃顆糖，我趕快把那顆糖撥開，塞在你嘴巴裡，他們又要再給我一顆，我不想吃，就跟他們說我不需要。然後我正想問他們一些事情的時候，他們卻轉頭走了。我在你的皮包裡找到葡萄糖，又塞了一塊葡萄糖在你嘴裡。」

「那兩個英航的人怎麼會來的呢？」

「什麼英航的人？」她不解。

「就是剛才那兩個穿制服的人。」

「哦！她們是那個太太去叫來的。」她指著不遠處一位正在看著我們的婦人，接著說道：「因為我想上廁所，我實在等不及了，又不知道廁所在哪裡，我覺得她看起來蠻善良的，就過去問她可不可以告訴我廁所在哪裡。她帶我去上廁所，回來的時候我告訴她我媽媽病了，我很擔心我們的行李已經不見了，她就帶我過去叫那兩個人來。」

我把她拉過來，緊緊地抱著她，重新理了一下思緒。下飛機前用餐時，胰島素打足了平時用的劑量，但碳水化合物吃得不夠，當時原計劃在等飛機時再吃點甜品補足，沒想到睡著了，血糖就一路降下去了。

「你很害怕吧？」我心疼地說。

「還好，我只是擔心我們的行李可能已經不見了。因為我想飛機一定早就走了。」

「我們旁邊這麼多人，他們看到你哭沒有覺得奇怪嗎？」

「我哭得很小聲，坐在我們後面的人是講德文的，他們一直在看我，可是我不想找他們，我不想講德文。我找坐在旁邊的一個男的，可是他聽不懂我的話，我想他不懂英文。」

「真對不起，讓你這樣忙來忙去。想到你又怕又慌，我真是難過。」她才不過六歲！

「我又慌張，我又鎮靜。我一直告訴自己一定要鎮靜。」

「你真勇敢，我又心痛，我又驕傲。」聽到我故意跟她對句，她笑了起來。

正說著，剛才那位英航職員帶了一位管登機的小姐過來，要她把我和Jessica先送進飛機。我站起來，帶著Jessica先過去向那位「看起來蠻善良的太太」表示謝意，並跟她道別，她跟我說：「您有一個非常棒的女兒！她真是又勇敢、又鎮靜。」

「她真是非常了不起，看她處理事情那樣有條有理，實在讓人印象深刻，您應該感到很驕傲！」英航職員也讚歎地說道。

（二〇〇〇年七月，吉卡不足七歲的真實故事）

夢的修訂版

奧地利　王若珠

　　天將亮，睡在我身旁的Jessica突然一邊喊叫，一邊抽泣。「Jessica，你是不是在做夢？醒來！醒來！別哭了。」我輕輕搖著她叫道。她張開眼睛，看到我，放聲哭了起來。

　　「怎麼了？做了什麼惡夢嗎？」

　　她嗚嗚咽咽地說：「我夢到一隻很大的黑色老鷹，飛過來在我們Kindergarten（幼稚園）的花園裡追我們。我們發現它原來是一個老巫婆，大家都拼命跑。我對Teresa大叫，叫她小心！可是我怕巫婆抓到我，我先跑了，沒有拉著她。」說到這裡，她嚎啕大哭。

　　「你真是一個好孩子，做夢也想著要保護你的好朋友Teresa。幸好只是一個夢！你現在可以放心了。」我安慰她。

　　「我來不及了，我很害怕，我只是自己拼命跑，因為我不想被巫婆抓到。」她傷心地說。

　　「Teresa跟你一樣大，她一定也會拼命地跑，她會照顧自己的，就像你一樣。」

　　她止住了哭，點點頭，不置可否。

「那個巫婆騎著一把掃把。掃把飛不起來，大概是馬達壞掉了，她只能跳個不停。你看，就像這樣。」她站起來表演給我看，轉悲為喜。

「咦！不對！她有翅膀，可以自己飛的，為什麼還要騎著掃把呢！我看她腦筋大概有點不清楚了。」她快活地叫道，小臉上還帶著淚痕。

下午，小葉阿姨帶著寶寶到我們家來玩。Jessica手舞足蹈地跟她們重述夢境：「我們班上所有的小朋友都在學校的花園裡玩，天上突然飛下來一隻黑色的大老鷹，我們發現那其實是一個很難看的巫婆假裝的，大家都嚇壞了。巫婆騎著掃把，可是掃把的馬達是壞的，不能飛，所以她跨在上面蹦蹦直跳。哼！其實她有翅膀，她為什麼不飛呢？真笨！所有的小孩都很害怕，這時候，我想到一個好辦法，我叫他們不要怕，趕快躲起來，然後我就一個人拼命地跑，讓巫婆來追我，這樣她就不會去傷害別的小孩子了。」

「哇！你好勇敢！好聰明！」小葉阿姨聽得目瞪口呆，由衷佩服地稱讚她。

「這沒有什麼，我只是想到一個保護小朋友的好辦法而已。」她輕鬆地說道。

聽到惡夢搖身變成英雄夢，我很詫異，忍不住問她：「可是，Jessica，今天早上你跟我說的不是這樣的呀！我記得你說所有的小朋友都嚇得拼命逃，你跑在前面，你不是還因為沒有拉著Teresa一起跑而一直怪自己沒有好好照顧她，還傷心地哭了嗎？」我倒想看看她怎麼自圓其說！

她沉思著，顯然又想起是有這麼回事兒：「對！我早上好像是那樣說的。我忘記了。我想這已經變成一個故事了，不是夢了。」她很坦然地說道。

　　　　　（一九九八年十月，小女吉卡剛滿五歲的真實故事）

邂逅

奧地利　方麗娜

　　這個冬季令我格外沮喪，因為時至今日我依然沒有冉冉的消息。我不得不一次又一次鑽進維也納南站汙濁的跳蚤市場，在一張張凌亂不堪的攤位前，焦急地尋覓冉冉瘦弱的身影，向每一位亞洲攤主打聽一個名叫冉冉的中國小姑娘的蹤跡。

　　但每一次，我都失望而歸。

　　冉冉是從我家裡悄然離去的，當時外頭正飄著漫天大雪！

　　其實，我和冉冉不過是在前不久的維也納市區偶爾相識的。後來，我請她來家裡吃了頓飯。飯桌上，知道她今年才十九歲，家在北京，父母都是海淀區中學老師。她不久前到維也納來學習音樂，之前在北師大念大一。衝著藝術之都維也納的耀眼光環，經不起仲介公司的誘惑，她央告父母花錢為她辦了份學校證明，並且交納了十三萬元的出國仲介費。可她學的不過是手風琴，維也納的音樂學院哪裡有什麼手風琴專業？可是仲介公司神通廣大，不到一個月就為她辦來了簽證。可是到了維也納才知道，根本沒什麼正經課上，不過是客串些樂理課而已，實際上就是混日子。

可目前，顯然是冉冉連日子都混不下去了。出來時帶的5千歐元，付了一年的房租和學費，再加上保險和吃飯，已經所剩無幾。她沒法再跟家裡要錢了，父母已經為她負債累累。因此，她必須馬上打工掙錢，否則生活將無著落。我問她想找什麼工作，她急切地說：「只要人家需要，我什麼都願意幹。」

　　一週以後，冉冉得到了一個打工機會，在維也納十區的一家中餐館做跑堂，工資每月七百歐元。一次我到市區辦事，特意拐到冉冉打工的餐館吃午飯，想順便看看她。酒店的生意太好了，幾個跑堂馬不停蹄地來回穿梭，直到我吃完，冉冉才忙完來到我身邊。我低聲問冉冉，還好吧？她撩一把前額上給汗水浸濕的頭髮，長出一口氣說：「大姐，你不知道，我都快累死了！」

　　我拍拍她的後背安慰道：「堅持一下，好多學生都是這麼過來的，慢慢就好了。不過，你現在精神蠻好的，看，小臉兒都鼓起來了。」「謝天謝地，我在這裡一天至少能吃上兩頓飽飯，我又不會做飯。」此時的冉冉，臉上泛著鮮活的紅暈。我看著她，一絲欣慰從心裡漾起。

　　我和冉冉一同走出酒店的時候，我發現店門口立著一位三十來歲的外國男人。冉冉看了我一眼，臉色扭捏並瞬間變得通紅。我恍然大悟——哦，有男朋友了！顯然，這男人是來接冉冉的。他看到我就彬彬有禮地走過來和我握手致意，並介紹說他叫麥克爾。聽口音，是個德國人。當著這雙藍眼睛的面，我無法向冉冉問清其中的端由，只能眼睜睜看著他把冉冉攔腰送入一輛白色奧迪，絕塵而去。

轉眼到了聖誕。冉冉打來電話問候，說起麥克爾時，她在電話裡吞吞吐吐地說，這個德國人好奇怪啊！

冉冉告訴我：「麥克爾說他是心理學博士，天主教徒，還說特別喜歡中國文化。可他吃飯的樣子好噁心啊，食物一直從嘴角流出來，看電視的時候脫得精光，坐在電腦跟前也一絲不掛！」

我迅速回憶起在酒店的那次邂逅，麥克爾給我留下的倒是個紳士印象。怎麼會是這樣？難道是心理學家的不同尋常？聽人說，搞心理學的人多半標新立異，長期琢磨和研究別人心理的同時，自己也變態了。

冉冉還告訴我說：「麥克爾一直說要和我結婚的，他說服我退了學校宿舍跟他一起住，並說結了婚我就可以留在維也納，我打工的錢也是交給他保管的。」

我不假思索地嗔怪道：「你的錢為什麼要交給他來保管，你就這麼相信他？你的父母知道你的事嗎？你不要再跟他一起住下去了，趕緊搬出來吧！」冉冉被我說得不知所措。

不久，我在當地報紙上突然讀到一條新聞：一個專門從事中國留學生的仲介機構被維也納警察局查抄，公司老闆和老闆娘雙雙被拘禁。該機構涉嫌詐騙、違法行為。目前所涉及到的在維也納音樂學院就讀的一批中國留學生正在接受調查，面臨遣送回國的命運。

我一下子想到了冉冉。我連續撥了幾次電話，可冉冉如石沉大海，杳無音訊。就在這個時候，冉冉半夜三更按動了我家的門鈴。從她悽惶的哭聲和揪心的訴說中，我漸漸搞明白：她是在學

校接受調查的時候，半夜裡又遭了麥克爾的毒打。她不敢聲張。幾個月打工掙的錢，也沒能從麥克爾手裡要回來。

第二天，冉冉木然地和我一起吃了早餐。整個一天，她淒然地埋在沙發裡，流淚不止。到了第三天，她依然呆滯地坐著。我平和而直截了當地告訴冉冉，她應該趕緊回國，回到父母身邊去。因為我這裡也不是久留之地。

午後，我出門辦事去，讓冉冉獨自留在房間裡等我回來再想辦法。可是，當我傍晚回到家的時候，發現冉冉已經走了，餐桌上放著她留給我的一張紙條。

大姐：感謝您對我的照顧。我現在沒臉回去。大學是上不成了，如果爸媽知道了我的事情，會氣死的。我還有地方去，我走了。——冉冉

半年後的一個週末，我開車路過中國超市門前，突然看到前方不遠處停了一輛白色奧迪。車門緩緩打開，隱約現出一張似曾相識的臉—竟是那個德國人麥克爾！緊接著，麥克爾殷勤周到地拉開另一扇車門，一個亞洲女孩兒的嫋嫋身姿驀然映入眼簾—我的心禁不住一陣狂跳。

可是，並不是冉冉，是另一位清純亮麗的中國女孩兒！

泰森的孩子

奧地利　方麗娜

　　泰森是我們非洲之行的黑人導遊，他和他那輛白色的越野車，風塵僕僕地拖著我們跑了大半個肯亞——從印度洋之濱的蒙巴薩，到首都奈洛比；從非洲之巔的乞力馬札羅山腳下，到東非腹地的野生動物棲息地，行程近三千公里，一點差錯都沒出。而在我看來，泰森的魅力還在於，他能準確無誤地判斷出非洲雄獅和獵豹出沒的時間，並能在百米開外迅速分辨出斑馬和長頸鹿的公母，以及它們的發情期。

　　有一次，特神。

　　那是一個野外的清晨，我們一行六人在乞力馬札羅山腳下用完早餐，跟著泰森慢慢駛出酒店，飛奔在山嵐霧靄的曠野上。幽深蒽蘢的非洲草原，空氣是透明的、浮動的，恍惚間，覺得自己和四周的青稞與灌木都浮游在碧綠的海底世界。我靠在前座凝視著泰森那一顆油黑發亮的後腦勺，覺得它像一團燒焦的黑炭，滾動在眼前。突然，黑炭顫動了一下，我們立刻意識到有情況了。果然，不動聲色的泰森大叫一聲：「baby！」我們都莫名其妙，眨眼間，卻已隨泰森衝到了一群褐色的Gnu（角馬）跟前。只見

其中的一隻角馬四蹄顫動，屁股後頭淅淅瀝瀝流溢著一種透明的、絲線般的液體——原來這只角馬要下崽了！

於是，就在距離那隻角馬十多米的地方，我們摒住呼吸，透過越野車的天窗從頭至尾注視著一隻血肉模糊的小角馬，從母體滑落到濕潤的草地上———一個新的生命的誕生。為了這千載難逢的一幕，我們無不打心眼裡佩服泰森的經驗和眼力，並且對他的家庭也產生了濃厚的興趣。

據說，非洲男人是可以隨意娶老婆的，老婆和孩子的數量是非洲男人財富和能力的象徵。那麼，從泰森十幾年的導遊生涯來看，他顯然是一個成功的非洲男人。那麼，泰森到底有幾個老婆和孩子呢？

於是就在狩獵中的一次野餐上，我端著啤酒湊近泰森問道：「泰森，你的家人在哪裡？」

「蒙巴薩。」

「你有幾個孩子？」

「七個，哦，是八個……」泰森的語氣裡明顯含糊，令人生疑。車裡的德國同伴們訕笑不止，並用飛揚的眼神鼓勵我。

「那你有幾個老婆？」我受了鼓勵，緊追不捨。

「一個。」

「不會吧？」

我們都用誇張的感歎表示不可相信。泰森黑著臉並不解釋，也不介意，他始終氣定神閒地開著車，兩眼炯炯地目視前方。

到達奈洛比的那天晚上，泰森把我們送入HolidayInn之後，嚴肅地告誡我們，晚上最好不要到市區去，以防止晚間的搶劫。

可是我和先生都特想看一眼奈洛比森林邊上的夜景，不顧勸告跑了出去。當計程車行至市中心之時，路過一個十字路口，我們從車窗前方突然看到一個熟悉的身影。定睛一看，竟是泰森！他手裡抱著一個小女孩兒，身後跟著一個披紅掛綠的肯亞女人。

啊哈，好個泰森！是只有一個老婆——蒙巴薩一個，奈洛比一個！

我和先生一直守著這個秘密，直到在蒙巴薩分手的時候。

兩天後，我們在蒙巴薩和泰森告別。先生前一天晚上跟我商量說，泰森有八個孩子，我們多給他一些導遊費，算支援他的孩子上學。於是，在付給泰森導遊費的時候，我們在裝錢的信封裡加了個小紙條：泰森，祝你的八個孩子幸福安康！

嬌杏

奧地利　方麗娜

話說豫東平原黃河故道的下沿兒，住著一戶本村唯一的書香人家。據說，這家人的祖上曾考中過進士，但不幸的是，到了這一門上竟差點絕了戶，兩口子求爺爺告奶奶，直到中年才開懷落得一個女兒，名喚嬌杏。

雖說是個女兒，卻生得如花似玉。因為打小兒，嬌杏便從母親那裡繼承了美麗和乖巧，又被通曉文墨的父親調教得知書達理、聰慧伶俐。這一年，嬌杏長到了十六歲，出落得婷婷玉立，人見人愛，說媒的紛至遝來。

鎮上有個毛頭小夥兒名叫大河，長得一表人才，可惜是個遠近有名的小混混，尤其愛打架。仗著他家庭殷實，父親在省裡開工廠，家裡的場院足有幾畝地大，場院中間剛蓋了一棟鎮上少有的三層樓。這一天，大河帶著鎮上的幾個夥計，學著人家城裡人新近興起的旅遊風，到黃河故道的水塘裡划船、鑽蘆葦。船到河中央，大河竟一眼瞅見了岸上端坐的嬌杏。他立刻被嬌杏的俏麗和那股子說不出的氣質所吸引，趕忙吆喝著把船重划向岸邊，並呵退了隨行的夥伴，獨自湊過來，腆著臉和嬌杏套近乎。

嬌杏平時喜歡數了日子，每逢週末到故道下沿的河堤上，坐在柳樹下看那些城裡來的男男女女——他們有的自己開車，有的集體搭乘公交，一窩蜂跑到黃河古道的這片荷塘裡來，不是喊喊喳喳地觀賞蘆葦，就是三五成群地划著小船到對過去釣魚。他們自由灑脫的服飾和髮型吸引著她，他們坦然說笑的姿態令她著迷。嬌杏遠遠地打量著他們，尤其看到那一對單獨行走的男女——他倆從容不迫地扯著手，相依相攜的架勢是那樣自然，那樣從容。嬌杏禁不住打心眼裡羨慕他們。嗷，他倆朝自己坐著的地方走來了——她下意識整了整自己的前襟，又偷偷撩了一把前額的瀏海兒……嗨！人家不是朝這邊來的，是去大堤後面的梨園，白雲一樣的梨花開得正歡呢！

　　想到這兒，嬌杏禁不住獨自笑起來，不知不覺地跟著他們到了梨園。瞬間，自己滿頭滿身落滿了雪片樣的梨花，剛才那位溫文爾雅的男孩兒，正輕柔地、笑盈盈地替她摘著頭上的梨花……突然間，大河的搭訕嚇了她一跳，嬌杏慌忙收拾起恍惚的目光，暗暗出了一身小汗，怔怔地回到現實中來。

　　她重新定了定神兒，終於認出眼前赫然站著的青年，原來是鎮上的大河。

　　她本不想搭理大河，知道他是個遊手好閒的混世魔王；可又一尋思，莫名其妙地竟想起他的家庭，他家那偌大的場院和水泥澆築的三層樓——心裡禁不住一陣迷惘，況且，大河父母也是鎮上規矩而通情達理的人。嬌杏皺了皺眉頭，無可奈何地站起身來，儘管不大情願，還是不冷不熱地敷衍著大河。

　　第二天，大河找到了嬌杏家住的古道村，著了魔似的沒事兒

就竄過來，心懷鬼胎地在嬌杏家門口轉悠，東張西望地尋覓嬌杏的身影。

不久，嬌杏媽發現了在自家門口溜達的大河，她很快琢磨出味道來：這孩子八成是看上她家嬌杏了。暗地裡一打聽，才知是鎮上鼎鼎有名的人家，況且，這孩子長得也排場。於是，喜滋滋地給家裡的男人吹起枕邊兒風兒——那樣好的人家，要是咱家丫頭進了門，還不掉到了福窩裡！乾脆，叫大河來家裡玩兒，叫他倆相識相識，也省得街坊鄰居說閒話。

自從大河跟嬌杏有了來往，許多壞毛病開始收斂起來，也不像過去那樣沒事兒就四處瘋野，整日價惹事生非。可一段時間下來，嬌杏對他依然代答不理的。嬌杏就是覺得她跟大河之間缺點什麼，究竟是什麼呢？又說不大清楚。有時候，她真想把自己的這點想法告訴大河，讓大河明白她的心思，可一張嘴卻變成了生硬的嗔怪：「跟你說話，就像對牛彈琴！」

大河一聽，也火了：「啥，我是牛？」從此，再沒往嬌琴家裡跑。

轉眼入了秋，就在嬌杏媽張羅著打算接受鎮上另一戶人家給女兒下的聘禮時，村裡豁然傳來一個消息：大河因下水搶救城裡的一名落水小學生，胸部受傷，住進了醫院。

嬌杏得知大河受傷的消息之後，思前想後，一夜沒合眼。

第二天一早，她決定到鎮上的醫院去看望大河。嬌杏媽聽了，叫喚得像只老母雞，大惑不解地攔住女兒道：「你這一去不

當緊，全村老少都曉得了，要是大河殘廢了呢，你說你後悔不後悔？」

嬌杏沉靜地說：「我不後悔！」

三個代表

奧地利 方麗娜

那年深秋，我從德國學習歸來，剛回到原單位不久，領導和顏悅色地找到我，語重心長地對我說：「市委市政府為了將『三個代表』的思想落到實處，決定從各單位抽調一名骨幹，組建工作隊到農村去，協助農民奔小康。你剛剛洋插隊回來，要把知識用到最基層，理論與實踐再結合嘛！」

我二話沒說欣然接受了領導的指派，隨時準備下鄉去接受貧下中農再教育。在我看來，鄉間樸實的民風和清新的莊稼地，比辦公室的烏煙瘴氣更有益於身心健康。

但知心的同事，私下裡戳著我的腦門兒噴怪道：「你出國留洋都學傻了，誰讓你回來時不給領導送份像樣的禮物？」

總之，我很快成了這「三個代表」中的一員，跟著市委市政府精心編排的小分隊，浩浩蕩蕩地向西部縣城一個十分偏遠的小村莊挺進。到了縣政府，縣委書記縣長為我們接風；到了鄉裡，鄉黨委書記和鄉長為我們洗塵；最後到了我們即將戰鬥的前沿陣地——牛糞莊村大隊，村長帶著一幫人滿面春風地親自到村口來迎接，眾星捧月般地簇擁著我們走進村委會。

當天下午，我們的五人小組組長田主任，雷厲風行地吩咐我們從隨身攜帶的一摞檔裡找出「三個代表」的詳細闡述，吩咐我們用毛筆工工整整地寫在一張紙上，鄭重其事地張貼在村委會的迎門牆上──白紙黑字，格外醒目：我們黨要始終代表中國先進生產力的發展要求；我們黨要始終代表中國先進文化的前進方向；我們黨要始終代表中國最廣大人民的根本利益。

　　我們都立志借「三個代表」的東風，聯繫牛糞莊實際，把新思想落實到行動上，體現到成果上，反映在人民群眾的切身利益上，打開新局面，帶來新氣象……！

　　不僅如此，我們還每天帶領村委會的成員認真學習和討論這一政策，並且分期分批地貫徹給老鄉們。其次，田主任還將我們這五個人，根據各人特長進行了嚴格細緻的分工：除了奔「小康」指標的共同參與以外，早年在部隊當過廚師的胖子老丁負責做飯，溫文爾雅的劉科長負責採購，我和另一位女科員賈雲負責本村的計劃生育指導工作。組長本人嗎，當然是全面負責「三個代表」的貫徹落實和進展情況。

　　轟轟烈烈的農村駐紮工作很快就要結束了，我們給市委市政府準備的下鄉彙報材料也積累了幾十頁。就在我們即將撤離牛糞莊村大隊的時候，田主任決定召開一次老鄉見面會。就在村委會開闊的場院裡，全村老少蜂擁而至，田主任誠懇地對著大家說道：「老鄉們，我們的駐村工作眼看就要結束了，大夥兒有啥問題請儘管提出來，我們當場解答。」

　　話音剛落，一個老鄉直著嗓門問道：「不是三個代表嗎，你們咋來五個？」

病房裡的美圖

俄羅斯　白嗣宏

　　麻將桌上的茫君，正在為十三么酣戰未休。某大學的一批青年教師，有來自中文系小有名氣的青年詩人，有來自歷史系著作頗豐的青年老夫子，有來自藝術系的舉辦過多次個展的青年畫家。茫君則來自外文系，在研究外國戲劇的藝壇上初露鋒芒。這些年僅三十左右的青年學者，正當華年，卻莫明其妙地捲入一場文化浩劫。社會上的武鬥，已經打動不了他們。除了按時參加規定的上街遊行之外，其餘活動一律謝絕，當起名副其實的逍遙派。偶爾搞到一兩部外國古典小說互相傳閱。打麻將就成了他們唯一最安全的消遣，何況通過麻將或者橋牌，還可維持頭腦的思維能力，免得失去做人的準則。

　　茫君正伸出一隻手要自摸最後一張么時，突然一聲大叫，「痛煞我也」，接著滿臉大汗，臉色蒼白，雙手按著小腹，彎下腰去。這一下，他把牌友們嚇個半死。大家七手八腳把他抬到校醫院。值班醫生略為觸診，即確定為急性闌尾炎，下令儘快送往鄰近的醫學院附屬醫院手術。一位牌友找來一部平板車，三位牌友簇擁著把茫君拖進醫學院附屬醫院的急診部。就在他們焦急等

待接診醫生時，一位年輕的白衣女醫生，匆匆趕來。寬大的口罩，在她的臉龐上，只留下兩隻眼睛。女醫生確認校醫院的診斷，決定立即送進普外病房手術室。

　　茫君見大局已定，心想也是既來之則安之，也就平靜下來，疼痛似乎漸漸散去。在推往手術室的過道上，他才有力氣仰面望了望女醫生。他心裡想，我這臭老九，命該一劫，能否順利走下手術臺，還是一個未知數。但在他與女醫生對視的時候，他從女醫生的目光中看到了一絲笑意。這笑意發自清澈如水的眸子裡，是美，美得令人吃驚；是真誠，真誠祝願他順利通過這一劫；是安慰，安慰他不用擔心；也是鼓勵，鼓勵他面對那一刀。他從她的目光裡看到了真善美。在那荒誕無稽的歲月裡，在那混沌的世界裡，她的目光給了茫君力量。

　　術後的一天，茫君在病房長廊裡來回走動，防止常見的腸粘連。突然，他走到正對走廊西頭窗子方向，大約相差十五米處。夕陽斜射，一簇紅光照在窗臺上扶窗而立的女人，勾畫出一個曲線豐富的胴體，宛如一幅剪影。隨著胴體的緩緩運動，一幅幅美麗的剪影飄然而出。茫君正要走到剪影跟前表示自己的驚豔，一看，卻是他的主治醫生，也就是那位用美麗的目光渡他到健康彼岸的女醫生。他走到女醫生面前，感謝她在這充滿紛爭的紅塵裡，給了他難忘的記憶。

圓舞曲的緣分

俄羅斯　白嗣宏

聖彼得堡郊外的保羅宮，銀裝素裹，白色的圓柱，黃色的宮牆，琉璃包著的白樺，顯得分外妖嬈。茫君一腳高一腳低，踩著積雪發出的吱吱清脆聲，從城際電車站奔向保羅宮。今天，大學的文學系，將在這裡舉辦除夕狂歡舞會。

茫君走進保羅宮，脫去厚厚的冬大衣，整理好領帶和胸袋裡的裝飾小巾，踏著輕快的步子，融入香水、香檳、黃髮、碧眼、粉黛、樂聲的混合體裡。他在這裡留學進入最後一年。四年多的異國生涯，給他帶來了太多的甜酸苦辣。今晚，是他最後一次參加本系名揚全城大學生的新年通宵舞會，心情既快樂，又有一些愁悵。那麼多的美，即將擦肩而過，說不定是終身憾事。義大利大廳和希臘大廳裡舞曲蕩漾，預示一個充滿誘惑的浪漫之夜。

茫君選中了義大利大廳。這座圓形大廳，沿牆根一排低矮的寶藍色絲絨長凳。長凳上花枝招展的女生們，並沒有引起他的特別注意。圓舞曲卻使他遐想。也許，今夜的圓舞曲會給他帶來一個意外？一段豔遇？甚至奇緣？這時，一位本班女同學，走到他

面前，老友似地把左手放在他的肩上，邀請他共舞一曲。他擁著她，右手摟著她的腰肢，左手伸向一邊，隨著舞曲在圓形大廳裡旋轉。這時，他突然注意到，一位身穿淺藍色連衣裙的姑娘，坐在長凳上，手裡是一隻同樣料子的小手包。小手包上鑲嵌的珠子，在金碧輝煌的大吊燈下，閃閃發光，吸刺著他的雙目。這時，曲終舞停，他把同學送到座位上，卻站到淺藍色女生的背後。

茫君望著淺藍色女生。她好像不是本系的學生。小巧玲瓏的她惹人憐愛。恰在此時，樂隊奏起了施特勞斯的圓舞曲《藍色的多瑙河》。茫君立即上前，邀請這位淺藍色女生共舞一曲。女生點頭微笑，接受了茫君的邀請。隨著舞曲起伏，兩人的雙手如攬滿月；兩人的背部向後微傾；雙腳踩著舞曲節拍，全神進入舞曲，忘我地陶醉在施特勞斯藍色圓舞曲之中。大理石地板上鑲嵌的藍色花紋圖案，似乎在他們的腳下漂浮起來；女生淺藍色的羅裙，隨著舞步飄逸，宛若藍天上金髮碧眼的仙女下凡，漂浮在多瑙河藍色波浪之上。三圈圓舞之後，趁著舞曲節拍的緩緩抒情，他們的舞步也輕緩下來。茫君感覺到，這段共舞使雙方都得到了享受。於是，他才大膽問起女生。女生告訴他，她是師範大學的學生，名叫約翰娜，是波蘭來的留學生。她說，令她驚訝的是，中國學生竟能跳出如此流暢的華爾滋圓舞。舞曲的節奏又快了起來，他們的心靈和諧，使舞步別具一番神韻。全場的舞者忽然都停了下來，鴉雀無聲，欣賞這一對天作之合的舞伴，化作藍雲，飄揚在白色大廳裡。曲終舞散，茫君將約翰娜送回藍色長凳上，感謝她賜予的美的享受。

茫君後來沒有再遇見過藍色姑娘約翰娜。但是那一曲藍色多瑙河舞曲的緣分，卻成了他一生難以忘懷的亮點，時時做起藍色的夢。

石詠和杜鵑的故事

　　冬天的太陽把寂靜的山林曬得不冷不熱，舒服極了。十八歲的山裡姑娘杜鵑去送飯，提著竹籃徑直走到守包穀地的知青石詠睡覺的「鳥窩」下等他回來。趁空把他的破衣服搜出來統統補了一遍，洗乾淨曬在樹枝上，衣服快乾的時候，石詠扛著一根木頭回來了。他扔下柴問道：

　　「杜鵑，你來了！大嫂呢？」

　　「大嫂的兒媳婦生孩子，她今天不來了。就我自己。

　　石詠，你一個人在大山裡一年了，沒人說話，挺難受是不是？」

　　「當然啦！」他一面吃飯一面笑了一笑：「就像一隻沒有窩的野猴子！」

　　「石詠哥，我來陪你！我天天在想你！」她終於說出自己憋了那麼久的話。

　　他抬頭仔細瞅瞅：清澈的眸子裡燃燒著兩朵美麗的杜鵑花，黑黝黝的瞳孔裡盛滿了對他石詠的愛。「是啊！這十裡八村出名的俊丫頭出落成一個水靈靈的大姑娘了！」看著她聳起的乳房，

石詠和杜鵑的故事　**165**

他有了一陣強烈的原始的衝動。杜鵑把臉貼在他的背上，一雙手從腋窩下伸出去摟著他的腰。血往上湧，五內俱焚。就在那一刹那，蛇引誘了他石詠，把那個果子塞進他的嘴裡吞下肚裡。於是，即便五雷轟頂也不管了。於是，亞當就從那亂草堆裡收回了一根肋骨夏娃。他們在自己的伊甸園盡情的享受上帝造了人的快樂。一粒微乎其微的精子在子宮的汪洋大海裡以光速前進，比倒了所有的同類，終於遇上了那一個卵細胞，於是，他們合二為一，種植在杜鵑子宮壁的肥厚土壤裡。然而，它們也同時給未來的父母種下了苦難。

淚如傾盆的姑娘告別了心上人回到三百公里外的開滿杜鵑的小山村。沒過幾天，噁心，嘔吐，想睡覺。她老媽覺出味道來了。一天晚上，五個哥哥和老媽作出了決定：到不認識人的外縣醫院把孩子做掉。但那時得有單位證明才能做。這種事還來不及呢，哪能去開證明？小生命全然不知父母的難處，在小窟窿裡變大，長出了腳手和尾巴，又再去了尾巴的時候，她母親的腹部已經隆起，她的父親因「流氓強姦罪」而投入了監獄。刑期是十年。

十五年後，石詠終於見到了他的杜鵑，那是在晚霞紅雲一樣的杜鵑花叢中，一堆沒有墓碑的黃土，他守了她兩天一夜，固執的希望夜半時分能像梁山伯與祝英臺破墳而出。後來他帶上了跟媽媽一樣美麗的女兒漂洋過海，永遠的離開那因泣血而如此美麗的杜鵑山。

《信仰》

俄羅斯　李寒曦

　　夜靜極了，靜得就像在真空裡。沒有汽車聲，沒有人聲，甚至沒有風聲，只有那只老式的德國掛鐘不緊不慢的在牆上畫著弧圈，陪著它曾經的，後來的主人們度過了長長的二百年。加里寧格勒的小城契爾尼霍夫斯克（Yephrxobck）落入了沉沉的夢中。窗外的天空一直沒有黑過，有亮光，但看不見字。是那種淺淺的，柔和得有點奶油的紫羅蘭色，也許就是天堂花園的顏色。一顆星星在窗簾的縫隙裡閃爍。眨著亮晶晶的眼睛。突然想起白天思維塔說過，今天是東正教「耶誕節」中最重要的日子。當天空中出現第一顆星星，那就是耶穌基督誕生並給予人們信仰及永生的時辰。我爬起來赤腳踩在光滑的地板上，拉開窗簾。天哪！好像遙遠的蒼穹突然齊刷刷冒出了充斥寰宇的璀璨。我看不見剛才的那顆星。卻像看見了萬物的主宰操控著一座無限大的鐘，有條不紊的撥弄著星移斗轉，天翻地覆。我是宇宙中的一粒塵埃，飄飄渺渺落到了地球的那一端，又粘附在雷電的羽翼下來到這個冰封雪凍的世界。從哪裡來，要去哪裡？為什麼這麼奔忙？我是唯物主義者，什麼也不信。可此時胸中不由生出一種神聖的莊嚴。

為了找回自己，我掙扎著努力在大腦裡搜索先哲們關於宗教的名言。

一切產自虛無卻被帶往無限。誰能完成如此不可思議的工作？這些奇跡的製造者。只有他才能理解這一切。

——帕斯卡・B.《關於宗教和哲學的思考》

伊曼紐爾・康德則承認無論是經驗還是理性都無法證明上帝的存在。但是他認為，「為了維護道德的緣故，我們必須假設上帝與靈魂的存在。」即一個無法證明的假設，為了實踐的緣故該假設必須成立。

想起佤族人信「穀神」。傳說當年諸葛亮收服南蠻，教他們種水稻。先給煮熟的穀種，秧苗不出。被告知，要砍大鬍子漢人的頭來祭穀神。祭祀畢再賜生穀種，禾苗長出了。以後「穀神」就成了信仰。且必須砍頭祭拜。三十九年前在緬共人民軍打南佤邦。天亮進寨子，只見頭目屋旁一根比房頂高的木桿，頂端「鳥籠」裡掛著人頭。原始森林中闢出一條寬寬的土路，兩旁豎滿一人高的「人頭樁」。即木頭上半部分挖個洞，把人頭放裡面。人頭樁的多少表示一個寨子的實力。「大王凱」三百多個人頭樁，是它的「鼎盛時期」，也是方圓幾十里最大的部落。歷史最久的人頭，已經變成了土，最新的還嘴青臉綠，表情恐怖。圍著寨子是一條寬十米，深十米的壕溝。「獨木橋」為出入必經的通道。走在橋上，見溝裡敵人的屍體怎麼像一灘灘稀泥，完全攤在地上，溝底插滿了一根根箭一樣的東西。後來才知道，那是用「弩

箭藥」泡過的削尖了的竹樁，其實就是一種「肌肉鬆弛劑」。只要碰上那東西就死定了。過了十米的獨木橋是圍著整個寨子的兩丈高的石牆。據說，「砍頭」已經不僅砍漢人的大鬍子，凡是能碰上的本部落以外的，什麼人都砍。所以防範如此嚴密。

去後方住院的路上。天黑了，走到黃果園。我丈夫謝林的通訊員和馬佮住老百姓家裡。他把我帶到寨子外，順梯子躍上一個高高的，巨大的穀垛，兩分鐘鋪上了軍用雨布，蚊帳做被子，伸手把我拉去。稻草上面是一張席夢思一樣的寬大舒適的床。月明星稀，松濤陣陣，佤山的深菁裡時時傳來毛骨悚然的嘷叫。據說這就是野人出沒的地方。當地老百姓叫作「老長奶」。乳房特別長，餵孩子只要甩到背上，背著的孩子就可以吸了。跑的時候，拖到地上會被自己踩，也只有甩到背上。

靠著男人堅實的胸脯，我很快睡著了。夜裡，突然一陣喧囂，睜眼只見騰騰的火焰中，一張張黝黑的面孔晃動著。松明火把把谷垛周圍照得通明。輕輕探頭望去，見一絲不掛的幾十個男女老少在一個亂髮盤在頭頂，臉跟乾木瓜一樣的老人帶領下，右手持標槍，左手高舉熊熊燃燒的火把，圍著穀垛又唱又跳，標槍在地上敲得山響，好像是在驅趕什麼東西。我的汗一滴一滴往下掉。謝林卻像看表演似的饒有興味的觀望著下面的動靜。折騰了大約半小時，這深夜的佤山才又恢復了寧靜。

我問：「他們幹什麼？」

「驅魔。」

「要是他們上來怎麼辦？」

「不會！」

「為什麼？」

「習俗。穀神在上面，他們不能上來。」28歲的政委謝林笑了。

我篤信康德：一個無法證明的假設，但為了實踐的緣故該假設必須成立。

但是，我情願，無論上帝，無論佛祖，或是奧林帕斯神山的宙斯的存在！

二狗之一：二狗爹

捷克　李永華

　　二狗爹是呆不住的人。九十年代從部隊回來，就不願意呆在村裡。開頭，沒有一個活幹過兩個月。後來乾脆自己做小買賣。要找生意，又要有人看攤，這就有了二狗娘和二狗兄弟。

　　跟別人「跑」過一趟俄羅斯後，二狗爹覺著找到了自己的「錢道」。幾年下來，二狗爹往俄羅斯背貨賺了錢也遭了罪：被中國的「紅軍」敲詐過，被俄羅斯土匪勒索過，甚至好幾次被俄羅斯員警脫光了衣服搜身（其實是搜錢）。也有讓他得意的，那就是「報了八國聯軍糟踐中國的仇」。

　　頭一回幫人背貨，還沒到莫斯科，貨就都出手了。「東家」給了三百美金「工錢」。更讓他驚奇的是，在莫斯科「日出」飯店，六樓上竟然公開有妓院，五美元一小時。東家說，走，我請客。二狗爹說，不會說話，不敢。東家說，傻憨！幹起事來哪有功夫說。見二狗爹還猶豫，東家急了：夥計，你忘了八國聯軍當年怎麼糟踐咱中國人了！報仇啊！

　　這話像軍隊的戰前動員。二狗爹二話不說，跟東家上了樓。

　　只去了一回，二狗爹就成了回回都上六樓的「堅持愛國主義

不動搖」的「鐵杆民族英雄」。回來還說給二狗娘：TMD也就十來歲的小丫頭，那叫一個白！比你還能，很多把式我都沒見過。氣得二狗娘又罵又踹。

後來，二狗爹轉到烏克蘭。這邊起碼不會動不動就失蹤，安全些。不背貨了，跟別人合著發櫃子。貨一多，就得租倉庫、支個「批發攤」。要支攤，自然就需要二狗娘。於是兩口子把二狗弟弟放姥姥那裡，就帶了二狗和二狗娘來到了「奧德薩」。

說起發貨，二狗爹一直很奇怪，老毛子為啥不給好好的給清關。你到了貨，海關就找茬，憋著不給清。不是說你沒配額，就是說要兩週時間逐件查驗。既耽誤了賣貨，又要支付好高的查驗費，查驗場地費、查驗設備費、查驗能源費……反正是逼著你找老毛子的「清關公司」去「灰色」清關。

誰都知道清關公司的人沒有不跟海關勾搭的。加上「清關公司」的費用比正常清關低一半多，不跟它們「合作」，你就賠。另外，國人不懂鬼子的「鳥語」，委託給「清關公司」把貨弄出來可以「抄近道」。雖然最後貨到了自己手裡成了黑貨，沒有發票，卻也省了翻譯、報關、查驗、做賬、繳稅……好多麻煩。好在中國人都是在集裝箱市場「批發」，沒有真發票也行。若是再有個烏克蘭銷售員，事情會好辦很多。起碼警員收了黑錢，不會查封集裝箱，沒收貨物。

最初，二狗爹想找機會跟售貨員蘇珊娜私下「來一腿」的，事後給點錢，一拍兩散。後來發現這「鬼婆娘」不大一樣，她總是盡量省錢，從來不買零食和新衣服。後來知道，她爸爸醉酒撞車死了，媽媽走了，兩個妹妹跟姥姥在家上學……二狗爹動了惻

隱之心，收了邪念。耶誕節蘇珊娜回家時，二狗爹給了一個大拉桿箱。裡面有從自己和朋友的貨裡找的適合小孩和老人的衣服，買了些食物。還專門給蘇珊娜買了一件時髦的呢子大衣。

蘇珊娜是回家打開箱子才看見大衣的。休假回來見到二狗爹，滿眼都是感激。本來沒有那個意思的二狗爹，見狀就動了心，四注目光糾纏在一起再難分開，一直到二狗娘上貨回來。

蘇珊娜雖然年輕，卻不比二狗娘多什麼。二狗爹不想離婚，更不想跟蘇珊娜要孩子。如今，孩子有了，人冷了。二狗娘連罵也不罵，淡了。二狗爹覺得兩個女人都不在意自己，很失落。

想到這些，二狗爹內心一陣茫然。自忖：先這麼就和著吧。

二狗之二：二狗娘

李永華

　　本來二狗娘原想留在烏克蘭的。這裡有海、有山，空氣好，錢好賺。除了說話費勁，吃的比國內還便宜。眼下二狗娘所以猶豫是不是要回國。一是二狗爹的「鬼婆娘」要生孩子，二是因為老毛子太不地道。

　　這不，一大早「黑狗」們就來斂錢了。被稱作「黑狗」的是穿黑制服的烏克蘭海關稅務警員。他們真的荷槍實彈，弄不弄就嚷嚷妨礙公務，拿出開槍的架勢。雖然到現在還沒有開過槍，但是，任誰都不敢跟黑黝黝的槍口開玩笑。你得腆著臉，好聲好氣地央求，給了不開票的「罰單」，還得「死吧誰吧（謝謝）。」好在二狗娘生二狗弟弟的時候，在國內跟大隊書記、鄉「計生辦」打過多日交道，「訓練有素」，慣了。

　　給了黑狗五十美金（他們倒是懂得細水長流，每次不多要），二狗娘心裡有點堵。尤其是看見不遠處看另一個攤的「鬼婆娘」心裡更堵。

　　「鬼婆娘」叫蘇珊娜，是給二狗家看攤的。蘇珊娜大學畢業，嫌一個月六十美金工資太低，供不起兩個妹妹上學。辭工跑

來二狗家攤上每天掙八美元。起先，二狗娘挺心疼這孩子的，瘦瘦弱弱地一個大學生，大冷天站在露天地裡賣貨，攤誰家爹娘不心疼啊！二狗娘不像別的老闆，只有來了買主才從煤氣取暖爐旁站起來。她常和女孩換換，讓她暖和暖和。二狗娘對二狗爹說，這孩子不容易，別難為人家，別打歪主意。二狗爹說：二十多了，還閨女，早成「鬼婆娘」了。不信你問問，她弄得男人一準比我弄得女人多。二狗娘啐一口：你個不要臉的貨！從那，蘇珊娜有了「鬼婆娘」的名號。

三月，國內上貨回來，二狗娘就覺得「鬼婆娘」不大對勁，不久，「鬼婆娘」顯了懷。問二狗爹，男人竟一口承認那孩子是他的。還說，等當了他媽的烏克蘭人他爹，連你都可以長期居留……

二狗娘早知道男人是個拈花惹草的主兒，沒想到會這樣跟她來明的。二狗娘流了淚：你對得起我嗎？男人說，看看自個那塊鹽鹼地，多好的種子也長不出好莊稼來。不嫌你就結了！二狗娘沒了話，自己生了兩個孩子，腦筋都有點不大對。

男人淡淡地說：你願意離就離，看在那倆傻孩子面上不願意離呢？咱就這麼著。嫌彆扭，趕明兒再給她開個攤。綁在一塊過，能替你擋很多事。二狗娘看見他這副二皮臉樣子，心撕裂般的疼，可又能怎麼樣呢？

就這樣，「鬼婆娘」也有了自己的攤。的確，也真應了二狗爹的話，「鬼婆娘」有了自己的「股份」，比以前更盡心了，替他們擋了很多原先難纏的事，海關、稅務的麻煩也不大有了。

有時候二狗娘也挺自豪的。像她這樣在國內擺小攤的，出來不幾天就能做「國際貿易」！這麼好賺的錢，國內的大學生、工程師、公務員不行，烏克蘭的也不行。這不，「鬼婆娘」這樣的大學生，不是給咱打工麼？

中午的時候，二狗來了。每回看見兒子臉上呆滯的眼神，二狗娘就很內疚。她恨自己怎麼把兩個兒子都生成了這樣。

二狗見到娘就歪了嘴笑，很燦爛的樣子，那笑容裡充滿木然和不知憂的「快樂」。

兒子滿臉通紅，衝動地擺動雙手形容著對母親說：「爸爸……爸爸……女的……」

二狗娘早已經麻木了，她知道那個「畜生」改不了爛德行。看看不遠處忙碌的「鬼婆娘」，突然心裡有些難過：看「鬼婆娘」那肚子，是快生了。大熱天，還忙著賣貨，畢竟懷的是自家的孩子，不幫她誰又幫得上？又趕上沒心沒肺的男人，怪可憐的。幫吧，可又算哪一出呢？

二狗之三：二狗

捷克 李永華

二狗的名是姥姥起的。不是因為爛名好養，正好那天當保安的爸爸下崗，姥姥說：愁啥，不就那二狗子營生麼。

二狗十多歲了沒上學，學校說智力低，硬跟班對孩子不好。二狗娘只好帶兒子出攤賣貨。

二狗一米五多，不很醜，愛笑，見人就笑。遠看很燦爛的那種。可細看他不聚焦的眼神、略歪的嘴和表情不變的木然笑貌，會覺得他可憐。

二狗爹在烏克蘭做生意。想把二狗娘接到奧德薩去。家裡人原想把二狗和弟弟留給姥姥。二狗不願意。他不願意娘走，就天天粘著娘，一刻也不離開，睡覺也是。害得二狗爹每天睡前把個半大孩子從自己的床上抱開。可是半夜醒來，二狗又趴在了母親另一邊。

是母親說服父親帶二狗走的。

二狗娘貨攤的鄰居賣玉，二狗看見那些石頭就高興。鄰居老闆順口說：好東西什麼人都喜歡哈！二狗娘狠狠地白他一眼，不理。

一天，鄰居老闆叫二狗：過來，給叔叔看看哪些石頭裡邊是綠的？二狗只看了一眼，指了其中的幾塊，歪頭咧嘴笑了。老闆隨後對送石頭的說：賊准。白癡天才，你信不？

二狗娘一把扯過二狗。狠狠的再白鄰居一眼，還是不理。

送走客人，鄰居拿了五十塊錢過來：是真的。你家二狗真是天才！我試了很久，邪門，這小子比我還會看。每回他指的，准是好石頭。別說孩子傻，你養了個天才呢！

二狗娘臉上得意的笑著，嘴裡卻嗔怪道：你才傻！

從那起，二狗娘也做些石頭生意，二狗幫著「識貨」，每回買的石頭都買得很好。鄰居老闆也不反對，「好買賣紮堆」嘛。也借光二狗上貨，給小費不算，還幫母子不少忙。

二狗爹知道兒子的本事，心下歡喜。想到兩個傻孩子姥姥帶不過來，就決定帶二狗一起走。二狗似乎馬上感到了，高興起來。二狗一高興就在電腦上玩排雷遊戲，只要他願意，總是能繞開地雷，一回也不被炸死。

二狗娘國內上貨回來第二天，二狗急著跟娘邊比劃邊說：「爸爸……女的……」見娘的臉色陰下來，二狗就笑，他想讓娘高興，指指市場方向：「女的……」又指指自己的肚子：「妹妹……」看見娘的臉色白了，二狗奇怪，爸爸又有「妹妹」了，娘為什麼不高興呢？於是二狗使勁對娘笑，一直笑得娘滿臉眼淚。

二狗爹跟老婆「幹仗」以後，真服了兒子：兒子從來沒看見他和蘇珊娜的事，竟然全知道！更讓他服氣的是，二狗在娘回來之前就指著自個的肚子比劃：妹妹……當時還以為他瞎搗亂，一週後蘇珊娜才告訴他懷了孕！

二狗爹每看到兒子的笑，心裡就發怵。覺得兒子笑著的眼睛裡包含了洞察一切的詭異。自己在兒子面前總跟沒穿衣服似的。

　　好在是個傻孩子。想到這一層，二狗爹心下才輕鬆一些。

　　前不久，二狗想女人了。那天娘看見自己弄濕的褲衩，臉上的表情很奇怪。從那時候起，他就不敢像以前一樣黏著娘了。因為除了娘，女人都不親近他。他知道爸爸做的事娘不喜歡，但他也想做。也想讓自己的「妹妹」裝進蘇珊娜肚子裡。

　　可是二狗不能，為此他很憋悶，不想笑了。可是每每見到人，不管是家裡人還是外邊人，二狗還是忍不住笑。

　　遠遠看見父親從市場那邊走來，二狗仍然忍不住地笑。父親停下腳步，左右看看，下意識地用手抻了抻衣襟。從兒子的笑容裡，看出來兒子知道他剛才找了野女人。似乎那不聚焦的眼神，一隻眼睛看著他的現在，另一隻看著他的剛才。想到以後做什麼偷偷事兒子跟有千里眼一樣都能看見，二狗爹覺得後背直發涼。

二狗之四：蘇珊娜

捷克 李永華

　　蘇珊娜手捂著肚子用餘光左右看。肚子總一下一下地鼓動不停，她怕被人看見。

　　大熱天身上很疲倦。蘇珊娜挺著大肚子賣貨有點強撐。她不怕受苦。她需要錢，這裡畢竟比教師工資高幾倍。

　　本來不想懷孕的。懷上以後也沒想留，覺得對不起老闆娘。老闆娘一直對自己很尊重。懷了她丈夫的孩子，老是覺得沒臉見她。雖然知道二狗娘養了兩個孩子都有些智障，覺得對不起自己的男人。

　　蘇珊娜長得不漂亮，拘謹的眉眼裡，透出坦然的真誠和善良。白皮膚上有不少淺褐色的斑點。人不輕佻，也不封閉保守。蘇珊娜的第一個男人是中學時的高年級同學，學校集體露營的那晚有的。上大學以後又有了保險推銷員、汽車修理工、公務員幾個不同的男人，沒有懷過孕。

　　耶誕節拿了雙薪回到家，打開老闆送給的那個箱子：吃的、用的、穿的，特別是那件時髦的呢子大衣顯然不是「貨」……她從來沒有這樣體面地面對姥姥和兩個還上學的妹妹。

在她的經驗裡，烏克蘭的男人心疼女人都是在上床之前，完事後出去喝杯咖啡都要AA制。這個中國男人不同。自己需要了，會出去找妓女，而對自己甚至連異樣的眼神都沒有。他不像烏克蘭男人那樣，見了女人就色迷迷地粘乎，為了那點需要甜言蜜語、百般誇獎女人好。這個中國男人不多說什麼，冷漠中帶著善良，實實在在地替自己著想。

　　蘇珊娜知道，老闆需要她好好賣貨。可她還想給老闆一家一些別的報答。老闆娘不在，男人需要女人，常去色情場所花冤枉錢不算，外面的女人不安全；我需要男人，沒有時間去搭訕；何不在老闆娘不在時候幫助我們……沒想到就那麼幾天竟然懷了孕！

　　在蘇珊娜計畫悄悄「做掉」肚子裡的孩子的時候，二狗改變了她的計畫。

　　跟二狗爹「好上」的第二天，二狗見到她笑得與往常不一樣：用一隻眼睛牢牢地把自己捆住，另一隻眼睛伸向她身後的遠方，神秘而有力。好像他早已洞察了一切。蘇珊娜的臉一下子紅到了脖根。

　　大約一個月，二狗見到她又是那種怪異的笑，還用手指著蘇珊娜的肚子：「妹……妹妹……」蘇珊娜雖然聽不懂，但是馬上明白了二狗意思，因為例假已經過了三周沒來。又一周後，她拿到妊娠陽性化驗單的時候，便開始用另外一種眼光看待二狗，覺得這個傻男孩太神奇了。也就是那一刻，她突然改變主意，決心留下腹中的孩子。為老闆一家生個健全的孩子？為自己生個天才的孩子？好像是，好像又都不是。

蘇珊娜知道，男人是留不住的，但也相信男人會對肚子裡這個孩子好。

　　她覺得出二狗娘先是厭惡，慢慢又有些憐憫的變化。從二狗娘的目光裡，她讀出了無奈和善良。她為養家必須繼續在這裡工作，她決意中斷跟二狗爹的私下關係，把腹中的孩子健全地生養出來，給老闆兩口一個最好的禮物。

　　最近，蘇珊娜發現二狗的眼神變化了。一隻捆住人，之外的另一隻不再伸向自己的身後，而是伸進自己衣服裡面……這讓蘇珊娜渾身熱燥又心生恐懼。她害怕有一天這個大孩子會怪笑著把她抱走。

　　肚子裡的孩子又動了。甚至隔著衣服，都能看見胎兒不斷把衣服「撐」起來。

　　見二狗遠遠地笑著過來，蘇珊娜本想考考二狗，問他自己肚裡是「妹妹」還是「弟弟」的。為了提問，蘇珊娜專門向會俄語的中國人問過男孩女孩中文怎樣發音。而當她查覺到二狗老遠就伸進自己衣衫的目光後，趕緊轉回身，雙手托著肚子走進集裝箱「記帳」去了。

二狗之五：「小牛」「阿廖莎」

捷克　李永華

　　我是誰？這是個秘密。二狗是我哥，我是他妹妹。這事只有我和我的二狗哥哥知道。因為我在媽媽肚子裡，還沒有出生。

　　你們也許不信，我知道我的中國名字叫〈小牛〉，因為今年將是我的生年，中國的牛年。爸爸大概希望我是個男的，給了我男孩名；我還知道我的俄文名字叫〈阿廖莎〉。媽媽喜歡女孩，她的第一個玩偶禮物就叫「阿廖莎」，所以媽媽給了我女孩名。

　　如果不是媽媽想把我做禮物送給爸爸和他的妻子，我早就被醫生從媽媽肚子裡「拿掉」了。可我為什麼要成為禮物呢？二狗哥哥又是誰給誰的禮物呢？

　　他們每一個人都知道，爸爸根本不想離開二狗哥哥和他的媽媽，我媽媽也不想一直跟著爸爸。好像他們心裡都有一個東西，讓他們又愧疚、又有一些奉獻者的驕傲。簡直讓人弄不懂，男人和女人一起造就孩子跟其他人有什麼關係呢？他們心裡的那個東西是誰造的，為什麼要造出來呢？為什麼自從我哥哥的媽媽從中國回來了以後，媽媽就不再「要」爸爸了呢？她想「要」又不要是為了什麼呢？

打一開始我就知道媽媽不想要我，甚至打算讓醫生把我從她肚子裡弄出去。後來她又突然改變了主意，要用我做禮物。見鬼！孩子是可以當禮物的嗎？

還有，媽媽為什麼會對二狗哥哥的媽媽感到愧疚呢？雖然我躲在媽媽肚子裡，但我能覺到，二狗哥哥的媽媽剛回來那會兒不歡迎我。兩個攤位離得這麼近，她從來不過這邊來。最近好像好一些了。她好像已經不那麼生氣了，雖然還是有些怨恨，可是更多的是憐憫和善良。我有點怕她，可又很喜歡她，想接近她。

爸爸像個沒事人似地每天來蹓躂幾趟，似乎對我的存在不怎麼感興趣。甚至沒有二狗哥哥的媽媽對我關注得多。也就經常拎點水果、乾果、小吃什麼的，扔在媽媽算帳的小桌上，並不多說什麼。我知道他心裡也在盤算：很想要一個沒毛病的健全孩子，又覺得我不合適，可對媽媽死命地堅持要生下我又沒有什麼辦法。我還奇怪，為什麼男人總喜歡找不同的女人。難道他們想跟很多女人有孩子麼？

只有一點是大家相同的。就是討厭那些黑衣警員。那些被討厭的警員為什麼不自己走遠一些呢？他們為什麼總是來要錢招人討厭呢？

他們把大家心裡都弄得亂糟糟的：二狗哥哥的媽媽和我們的爸爸每天都通過別人「幫忙」把兩個攤上賣出來的錢換成美元「弄回」中國，說怕「出事」。怕出什麼事呢？媽媽每個月都把「工錢」匯給姥姥，不存在自己的戶頭上，為什麼自己幹活掙的錢也害怕呢？好像誰都害怕，怕接下來隨時會發生什麼「不對頭」的事。

唯一天天樂和的是我和我的二狗哥哥。他最好，跟我一樣，每天都在笑。他不像別人那樣想，也不像別人那樣做。他的眼光經常穿過所有東西來看我。好奇又友好。只有他知道我是他的妹妹而不是弟弟。他的目光裡除了對我的好奇。還有對媽媽的好奇。我甚至知道，他也想跟媽媽一起當一回爸爸。

　　或許媽媽害怕二狗哥哥，就是因為媽媽不想讓二狗哥哥當爸爸，所以最近每次見到他，媽媽心跳就不一樣，會遠遠躲著二狗哥哥。

　　這些天，我一動媽媽就跟我說話，我喜歡媽媽跟我說話，所以我沒事就天天在媽媽肚子裡踹。讓媽媽又高興又害羞地跟我說個不停。這樣很好玩哦。

　　你們看，二狗哥哥來了，目光徑直穿過來與我打招呼。媽媽剛剛記完帳，為什麼會猶豫一下，回到悶熱的「屋」裡來了呢？

約會一

捷克　李永華

　　男人和女人網上已經聊了很長時間，未見面的雙方似乎已經很熟。近日，二人在討論女子新作水彩《苔蘚》的過程中，突然拉近了距離。於是決定見面。

　　女人按照男人給的地址下了車，面對生疏又有些疏落的樓宇，腳步開始猶疑。她突然懷疑起此行的意義和目的是不是真的是自己所需要的。

　　男人從浴室裡出來，濕漉漉的手打開手機看短信：「轉了一圈，找不到你的住處。要不你過我這邊來吧。」

　　「怎麼會。」男人嘟囔著開始收拾自己。

　　桌子上兩杯礦泉水。靠男人的那杯只剩下一小半。二人聊著新畫，無意間斷了話題。一種令二人未曾預料的尷尬氣氛不知不覺間籠罩在不大的空間裡。

　　「我是這樣理解，男女的單獨約會，就是都有了建立特殊關係的意思。若只是聊聊，網上就可以。你覺得呢？」男人似乎鼓足了打破沉默的勇氣。

　　女人矜持的抬起臉，眼睛裡滿是期待和鼓勵。

「那……我們開始吧。」男人理解地拉過女人的手，見女人沒有反抗，就順手把女人攬到懷裡。

女人的身體略略震顫了一下，隨即溫順地偎依在男人的肩頭。

見女人半推半就的樣子，男人大著膽子伸手解女人的衣扣……

「等一等。」女人按住男人的手，眼中的期待更加炙熱：「不捨得說一句喜歡我、愛我嗎？」

男人窘在那裡，腦子似乎一下走了神。

女人把他的手拉移到紐扣旁邊自己身體「高」一些的地方，男人的身體震顫了一下，縮回手，低眉啞聲道：「對不起。」說罷放開了懷裡的女人。

毫無聲響的沉默。雙方都聽見對方的呼吸在沉默中慢慢平緩了。

女人用手輕輕撫摸著男人的手背，不無鼓勵地說：「瞧你那樣子，總是這樣急的，對嗎？」

男人端起水杯，像下了一個決心似的喝乾裡面的水，略一躊躇，站起身來：「對不起，真的對不起。」

女人溫柔地拉起男人的手，心懷歉疚又有些撒嬌地搖著：「不堪一擊的傢伙！」

男人再次把空杯子端起來，看見空了，又頹然放下：「實在抱歉，今天我真的不行了。」眼光誠實而謙卑。隨即，男人拿起自己的背包，邁開毫不猶豫的腳步向門口走去。

門文雅地「嗑蹦」一聲被帶上。那聲音、力度，透著關門人的修養和風度，似乎也帶著些許嘲諷與寥落。此時才醒過神來的女人突然覺得喉嚨被什麼哽住了。

男人的腳步聲還沒有在樓梯上完全消失，茶几上的杯子都碎在了地上。

淚水從女人的腮邊落到地下的水裡，和它們一起恣意蔓延開去。

約會二

捷克　李永華

中午剛過，吃完水果，女人坐在沙發上止不住地犯睏。

若是以往的眾網友聚會，她早就「公然上床」了。因為與這個男人是第一次單獨聚會，又是在男人的家，儘管已經很熟，剛進門沒一會就嚷嚷著要上人家的床，仍然顯得不太合適。怕失了矜持的心情，更怕引起對方誤會。

雖然出門前女人已經「沐浴更衣」過了，也不反對條件許可時發生該發生的事，但是現在犯睏卻不是有了那個「意思」，而是每天這個時間都要小憩一會的生物鐘鬧的。這讓她很犯難。

女人越是想強打精神，睏神就越是緊緊地拉住她，把她往冥國裡拽。她甚至想：管他怎麼想呢，我先睡一覺再說，愛誰誰。[2]

轉念又想：這個男人將來是「長期持有」還是「出倉」還沒有定，在交易倉階段，為一覺「亂了大謀」豈不太失算？還得撐⋯⋯

---

[2] 「愛誰誰」一詞是北京近年的流行話，意思是「管他呢」。

男人似乎受到了傳染，於是不斷地端茶倒水，為自己也為女人排解睏意。他一邊觀察女人的神色言語，一邊搜刮著可以拉近兩人距離的話題。看見女人心不在焉的樣子，男人有點自卑，有點失落。他判斷不出，女人是午睡習慣造成的睏倦，還是對進一步發展二人關係失去了興趣。想說：躺下歇一會吧。又覺得景況突兀，會讓人覺得輕佻、淫色……

　　僵持的結果，破壞了兩個人的心情。女人開始感到無趣，眼神裡已經沒有了興奮與期待，甚至有點責怨男人木訥。

　　男人也開始覺得乏味，放棄了繼續創造機會的企圖。慶幸自己剛才沒有暴露出淺薄。

　　少許。女人站起身來：走了，下午還有點事。

　　急麼？男人顯然沒有留客的意思。說罷也跟著站起來，擺出送客的姿態。

　　或許二人離得太近，男人起身時結實而修長大腿的有力動作強烈地刺激了女人的視覺神經，接著飄過來一股悠悠的男人體香。女人眼睛裡又燃起了希望的光芒：你送送我吧。說罷挽起男人的胳膊。

　　男人略略苦笑，一邊彎腰抄起沙發上的手機，一邊瀟灑地做了個洋式的、歪頭示意出發的動作。

　　那動作很到位，大概引起了女人的某種聯想。她重新揚起期望的臉：要不……請我吃晚飯吧。

　　男人也受到浸染，情緒積極起來：當然。

　　飯後，咖啡快喝完了。女人滿懷興致地問：你朋友的事必須今晚辦嗎？

說好的。再過四十分鐘必須要出發。男人心有不甘地說。

……唉！女人輕聲歎氣。

今天咱倆跟哥們似的，談得很愉快。真的，跟你說話很舒服。男人顯然在做「總結性」告別發言。

是，很舒服，跟哥們似的。女人的失望毫不掩飾，聲調淡淡的。

有軌電車遠遠開過來，噴咚咚天響。不大的人群開始騷動。擁別的時候，男人覺到懷裡的女人有了「意思」，身上也就有了「感覺」。他掃視了一眼紛亂的人群，看了看錶，略一沉吟，眼睛裡的火焰熄滅了。他輕輕拍了拍女人的後背：婉聲說：再見吧。磁性的語氣中更多的是愛憐與無奈。

女人在男人懷裡抬起頭來，一雙幽怨的眼睛鎖住男人：我陪你去？

男人帶著敦厚的微笑與女人對視。隨後溫柔又堅決地退下環在自己腰間的女人的雙手，疊放在手心：下回。眼睛裡滿是真誠和寵愛……

電車拉響鈴，不一會便消失在傍晚的霧靄裡。車站上的女人摘下棒球帽，掄起胳膊在空中劃了一個沒人注意的美麗弧形。似乎隨著這個近似句號的東西轉瞬消失，她先前的心情也被帶走了。望著渾濁而神秘的夜空，女人的內心突然充滿了愉快。她微笑著給自己做了一個歪頭示意出發的動作，內心十分得意：跟那傢伙「樣法兒」很像。

問路

捷克　李永華

　　在斯洛伐克，找一間便宜的旅店實在不容易。特別是在一月中旬這個雨雪交加的傍晚，潮濕、泥濘、沮喪、晦暗、漫天陰霾。

　　天在一個小時之前就已黑盡，雨地裡，車燈也就愈加顯得昏暗了些。開車扭扭捏捏地走在城市深處泥水飛濺的小路上，不時停下來問路……

　　在老城區，兩家比鄰旅店的招牌在淅淅瀝瀝的雨雪中，發出月暈般朦朦朧朧的光芒。老式的建築古樸沉穩，看不出任何時尚與豪華，透射著歐洲深厚的傳統文化意味，把中世紀的文明氛圍保存、烘托得濃郁、深厚，又有些神秘。

　　問過前臺，說已經沒有標準間了，只有雙人合床的房間。

　　出了中心區，一個小酒館旁，車子靠邊攔下了一個老婦人：晚上好，尊敬的女士，請問這附近有小旅店嗎？婦人熱情地迎上來，把頭上的雨傘移開，靠近車窗說：您是問旅店嗎？不太貴的那種是吧？小夥子等一等，我給你到裡面問一問。說著還用手指那小酒館。那熱情勁，真像一個活雷鋒。

老人踽踽而行，卻也腳下有根。才拉開酒館的門就轉回身來，沒走兩步，又轉回身去，右手抬起，手指點點，口中有詞。

須臾，老婦出得門來，打一楞神，雙手一捧腦袋又返身回去。再出來時，老人依然一路手指點點、口中念念有詞地磨叨著。走到近旁，身上有些濕了。她邊想邊不停地重複說著同樣的話，已經聽不清車輪轉著連續說了幾遍。大致上說：一直往前走，見到大白房子還是往前，到第二個街口左轉再左轉後往回走，大約四個別墅的時候向右轉，到了那邊再問問好了……

老人說到第四遍祝你們一路順利的時候，因為彎腰向著車窗，她的後背已經濕了好大一片……

懷著歉疚的心情離開老人，幾個人心裡都充滿了感激。儘管怎麼也找不到老人指示的路。

迷茫間發現前面燈光燦然，細看是一個現代化的游泳池。停好車，恰好從門裡走出一位中年男子。問了，正是剛換班回家的游泳池旅店管理員。說遺憾，已經沒有四個床位。說罷轉身把幾位投宿者帶到了附近的旅社。

按響門鈴，對講機裡說請等一下。不知道那旅館在裡面做什麼鬼，這一等二十分鐘都沒有下文。投宿人無意間看見，那位游泳池管理員還站在不遠處的電線杆陰影裡，跟投宿者一起等待著。結果也是沒有了兩個床的標準間。管理員從暗影中閃出來，又給投宿人指示了新的方向。

第三次被問路的是一個帶著耳塞聽MP3的年輕人。明白了幾個人的意思後，年輕人說聲請等一下，便掏出手機「操作」起來。少許，把手裡的手機遞過來，上面是一幅手機在INTER網上

得到的地圖。投宿人理解之後多次表示謝意，而年輕人沒有任何多餘的話，也沒有任何表情。他麻利地收起手機，帶上耳塞，把黑色帶帽衫的帽子往頭上一扣，背著雙肩背包，頭也不回地消失在昏暗的夜色中。

晚上洗漱完畢，躺在歐洲式狹小卻是令人放心的被窩裡，幾個問路問乏了的投宿人都沒有入睡，像保持一種默契一樣，誰也不出聲。

人行道

從法蘭克福到杭州後，轉車到義烏只要不到三個小時。

天有點涼，還沒有黑，老穆找了家乾淨的粥店，要了在外邊難隨時得到的皮蛋粥。

暖暖地出得門來，街角停著一輛兒童車，閒來無事，老穆跟娃娃車裡的「小美女」逗眼神，沒想小小的人兒竟會媚笑！讓旁邊的母親看得滿臉自豪。

紅燈。依然零零星星地有人橫穿馬路，有的甚至像玩電子遊戲一樣在行走的汽車之間「見縫插針」。好在路口的車速度都不快。

綠燈。老穆他們剛走到路中央，一輛急行的汽車右轉彎，幾乎擦著老穆的腳尖把一行人「別」在那裡。急停之下，老穆下意識推了一把一身蠻氣的黑色轎車。回望推童車的女人，也是一臉驚詫。

鎮住驚心，老穆一邊往前走，一邊調侃地回頭對推車母親笑說：「這車開的。」

人行道 195

沒想那車「咯噔」閘住了。車窗搖下來：「嗨！幹嘛你！找事啊？」

　　於是老穆不由得停下腳步：「小夥子，忙去吧，下回可注意。」

　　車門打開：「注意！注什麼意！你憑什麼拍我的車？手賤啊！」

　　老穆一股火升上來：「我在人行道上拍得著你的車？錯了下回改，怎麼能這樣說話？」

　　「怎麼說話……你破壞公物！」

　　「破壞？你是公務員嗎？」

　　「公務員怎麼啦？」

　　「哦，你今兒就走不了啦。得教會你怎麼守公共規矩！」

　　「教我？現在是紅燈，行人能走，我也可以右轉彎！你拍我的車，破壞公物還不讓我走，你等著！」

　　「人行道亮綠燈該行人先走！你不影響行人才能轉彎。還狡辯！」推車的女人插話道。

　　「一邊去，關你屁事！」說罷，「公務員」衝車裡喊：「我的車鎖呢？給我車鎖！」

　　老穆聽了暗笑：沒本事的熊蛋，還沒怎麼著就找傢伙。邊往前走邊說：「小夥子，要想晚上好好吃飯就別掂著掏傢伙！」

　　「公務員」看清了人群中走出來那對手的「眼神」和「分量」，伸進車裡的手不出來了，看著慢慢逼近的對手：「你……你……」

　　「像恐怖分子？——哈哈哈哈！」

「你——到底要幹嘛？」面對巨大的體積劣勢，瘦小公務員慌了。

「我想看看你這個公務員跟那車鎖是不是都假冒偽劣！」

「有什麼事你說，別往前走！」

「我是想要教會你：當公務員要誠實、正義，錯了要認錯……」

就在二人可以交手的距離上，一個小小身形插在了二人之間。老穆一楞：她矮矮瘦瘦的，一身樸素的黑衣衫，一張突出卻不惹人怪異的嘴，粵式的鼻子上、眼鏡後面一雙不秀美卻不失真誠與聰慧的眼睛……

這個人似乎很熟悉、很親切，卻是不認識的。她急促又歉意地說：「大哥，對不起！我替他說句對不起。他喝酒了，糊塗，請您一定原諒我們！請您千萬別跟他計較……」

她身後的的男人剛要用蠻力拉開她，手到半路卻軟了——老穆順著「公務員」的眼光望去，兩個員警一前一後走了過來。

老穆覺得袖子被人拽，低頭處，與那雙懇切、期盼的眼睛相遇。它們似乎在道歉、在請求……

「怎麼回事！」員警同志遠遠問道。

「……」被拉緊的袖口像老穆嘴唇上的「鬆緊帶」，讓老穆張不開口。

看著低頭沮喪的男人和殷切注視著自己的女人，老穆竟然說出了連自己都驚訝的話：「對不起，我們認識。偶爾在這裡碰見，說句話！對不起啊。」

「那就快走吧，幫幫我們的忙。謝謝！」

員警非常懇切地說完，轉身指揮別的車輛了。

男人、女人、推車的母親，臉上都掛滿疑惑的表情。老穆也一下不知所措了⋯⋯

車子啟動，前窗有隻左手緩緩地揮動著，看樣子很疲憊。

黃金棺木

法國　呂大明

His long improvised dirges will ring forever in my ears.
他即興所賦長長的輓歌永遠在我耳際迴響
——*Edgar Allan Poe*（愛倫坡）

　　娜塔夏死了，死在花樣的年華，她一頭長長的金髮成了黃金漂染的殮屍布，風呼嘯沉哀的怨聲，夜鶯唱出布里吉斯（Robert Bridges）筆下臨終的哀歌，那歌調隱藏著破滅的希望。

　　她的男朋友米歇爾隨著送葬的親友，將一朵紅玫瑰投進她的墓穴，夕陽像鷗鳶飛旋在他記憶的氛圍裡，那些記憶像酒的標籤，標誌的日期愈久，記憶愈芳醇。

　　娜塔夏坐在窗前，點燃一盞鍍金的檀香爐，裊裊香煙薰陶著古色古香的客廳，她正在吹那管銅笛⋯⋯他走到她身旁喃喃帶著夢囈似朝她說：「當我第一眼見到你，我的靈魂已屬於你⋯⋯」猛轉身，他見到娜塔夏的雙胞妹妹伊杜迪，一頭長長的金髮，藍得像海浪的雙眸，微笑的唇，玫瑰的雙頰，如玉樹臨風的身段⋯⋯完全是娜塔夏的翻版，他驚顫、困惑而迷亂⋯⋯

娜塔夏拖著垂曳的睡袍穿過長廊，驀然回首，米歇爾見到大理石一般光滑的臉上垂著兩行珠淚⋯⋯伊杜迪立在長廊另一端，她穿著黑白貂紋的緊身褲，身上散發出難以抗拒的魅力⋯⋯

　　永恆與虛無在米歇爾心中製造矛盾，他朝朝暮暮對娜塔夏所說的海誓山盟，面對伊杜迪的魅力似乎全盤瓦解。

　　娜塔夏病沉時，米歇爾坐在她床邊，緊握她嫩白而又枯瘦的手，情不自禁地哭泣，娜塔夏解下脖子上的絲巾為他擦淚，「米歇爾，親愛的，千萬別為我哭泣，假如我不幸死了，我就睡在絲絨的棺木裡。棺木會在地下腐朽，有形的生命難以抗拒朽壞，但死亡從某個角度來說也是種勝利，我就睡在黃金棺木裡，擁有世人想擁有的一切：愛情、美貌、永恆⋯⋯」

　　娜塔夏死後，伊杜迪突然在他面前搖身一變，變得庸俗而平凡，她黑白貂紋的緊身褲，身上散發的魅力都隨娜塔夏的死而消逝了。也許娜塔夏智慧過人，她早就知道那段演繹在他心中不為人知的故事：人性的崇高與低劣互相製造的矛盾⋯⋯

　　依舊是那個午後，米歇爾憶起娜塔夏坐在窗前，點燃鍍金的香爐，她正在吹那管銅笛⋯⋯所有的記憶像酒的標籤，標誌的日期愈久，記憶愈芳醇⋯⋯

寂靜的號角

法國　呂大明

　　她面前立著一位身穿軍裝倜儻瀟灑的男士，衣上的銅扣擦得亮閃閃的，像他晃晃發亮的眼睛，他的馬靴沾著春天的新泥……

　　早年中國女子的教育是雞初鳴時則要盥、漱、櫛、笄，再向父母問安，閨閣有一定禮節，她自幼失怙，但長兄若父，長嫂若母，她依然像大家閨秀，知書達禮。

　　大哥大嫂家在樹林子旁邊，她喜歡蹓躂在林子裡就像蹓躂在湯顯祖「牡丹亭」開遍了映山紫（杜鵑花）、牡丹……的百花之園。

　　　不提防沉魚落雁鳥驚諠，

　　　則怕的羞花閉月花愁顫。

　　在寂靜聲中一聲聲號角響起，那號角聲有些像山鹿的哀泣，迴盪在一波波閃眼的綠葉間，她望著那位穿軍裝的男士匆匆遠去的背影，一種不祥訣別的預感飄上心來……

　　突然她發現一粒發亮的銅扣落在林中路旁青苔上，她撿了緊握在手中，對自己嫣然一笑，如獲至寶似的一路奔跑回家。嫂子

早已作了中飯坐在炕上等她，一雙眼睛直盯著牆上的掛鐘，一見她跨入門檻就憋著一肚子悶氣說：「飯都涼了，就等著你一塊吃，左等右等你總是不準時！」她見到嫂子生氣就捱上炕來，坐在她身旁，直直瞅著她，軟言溫語全隱藏在她那雙會說話的眼中，嫂子原先想拌嘴的氣焰也給壓下去，反而柔聲地說：「大姨媽想給你做媒，對方是位保家衛國的年輕少校，一表人才⋯⋯」她將手中的銅扣捏得更緊，沒答腔兒。

當她知道他戰死的消息，她站在巨岩最高處，遙望怒吼的滾滾大河，正想縱身一跳，她似乎感到自己像滾動的崩岩，折斷沿途斜坡上的樹枝，一直沉入河底⋯⋯驀然間寂靜中，又響起號角，那號角聲救了她，是多少次她在哭泣暗夜裡聆聽的聲音，那不存在的聲音像法國詩人維尼（Alfred de Vigny）在發柔納與馬波黑——庇里牛斯山山脈西邊靠近洪塞復峽谷的兩座山上，所聽到的號角聲，那兒有飛騰奔馳的瀑布。

她心中屹立那座華麗的山峰早已被冰雪封鎖，崇山峻嶺隔絕了烽煙迷漫的大地，她似乎聽到敲響午夜的鐘擺，但時間是停頓的，所有世間的和諧美好都是神話傳奇，她聽到自己的嗚咽⋯⋯

她獨自走入林中，豎起耳朵去聽那不存在、淒鬱、隱約間的號角聲，她幾乎難以相信第一次邂逅的預感竟是死亡的預兆。

她再次豎起耳朵聆聽：浩浩蕩蕩大軍的腳步踐起歷史的迴響，跳出時間的傳奇，他和他的戰友都葬身在保家衛國歷史的激流中，軀體已被擊成砲灰，在戰火洪濤中被沖走，只留下那粒銅扣當成愛情的信物。

巴黎夢

法國　趙曼

　　安娜是臺北榮總的護士，從小喜愛算命，常聽算命先生說自己是昭君出塞《外放》的命，因此矢志當外交家陳香梅！

　　她相信命運，閒暇時研讀各類命相書籍，更到處拜師學藝；在等候命運的安排，同時也進修英文！

　　終於有個機會。安娜在風華正茂的二十八歲時，認識了一位到臺灣做生意的法國人彼得，他長相英挺，風流瀟灑，兩人很快相愛相依，在假日的臺灣各處風景區，都留下了無數張兩人親密出遊的照片！

　　來年彼得專程再由巴黎飛往臺北看望安娜，兩人說不盡柔情蜜意，從早到晚纏綿糾葛，愛的誓言信誓旦旦！

　　分首後數月，彼得為安娜買了到巴黎的飛機票。她充滿信心，每日在臺北研習法文，想到不久後，可以在浪漫巴黎再會情郎的光景，嘴角不時透露出幸福洋溢的笑意！

　　時值冬日，由臺北飛往巴黎，安娜穿著厚重大衣，拖著沉重的腳步，躲過各種通關安檢，一路風塵僕僕兼又忐忑不安，終於抵達巴黎！

彼得正在巴黎機場等候著安娜即將出關，心中想著窈窕淑女君子好逑、身材婀娜多姿的美女安娜，一邊陷入沉思，一邊不自覺地緊握著拳頭笑了起來！

但是眼前迎向他走過來的是，卻是搖擺如企鵝身型般的安娜！O LA LA！[3]安娜挺著好大的肚子！她、她、她懷孕啦！

彼得頓時嚇到腿軟！連滾帶爬把安娜送至待產中心，自己就一溜煙再也不見蹤影！

可憐的安娜初抵巴黎，人生地不熟，還好在法國社會福利中心安排下，有了暫時的居所，且兩個月後在醫院順利產下一個漂亮的法國男嬰！

最後透過社福人員協助，終於找到逃之夭夭的彼得。他就住在巴黎郊區，早已結婚，且育有二子！

而人生的路還是要走下去，安娜獨自扶養孩子到十八歲成年，至今已經成為巴黎最有名的命理大師！

---

[3] O LA LA在口語法文中表示驚訝和喟歎。

維多利亞小姐

法國 楊翠屏

天色微亮，莫妮克心情焦慮摻雜些許釋然感，昨晚在床上輾轉許久才闔眼。羅伯倒是一下子就打鼾起來。十八個月來的謎團，今早大概會找到一絲線索。

夫婦倆穿戴整潔，她還刻意化了妝，叫了計程車從旅館直奔派出所。十五歲愛女不告而別，從人間蒸發。夫婦陷入愁雲慘霧，不知這些日子怎麼熬過來，幸虧經營餐館一天十五小時的工作，讓她分神。但夜深人靜時，心如刀割，淚流滿面。

約定會面時間半小時之後，維多利亞由一打扮時髦的中年婦女陪伴，姍姍來遲。臉上無悅色，而是慍色，但出奇的平靜。她嶄新的舒適生活被拉回面對往昔反叛、不解的歲月。

為何要來干擾我現在寧靜的日子。他們只顧工作、賺錢，要我做家事，從不過問我的心理感受，難道他們不知道青春時期心靈特別脆弱、需要關懷。我們之間缺乏溝通，屢次向他們談起，總是千篇一律的回答：「這一切皆是為你好，以後就會明白！」，我要的是現在，不是遙遠的未來。

街頭流落幾天之後，在酒吧遇見皮耶，他同情我的遭遇，我把歲數加三。皮耶父母很快就接納我，還挪出一個大房間讓我們共用，亦擺放電視、冰箱。陌生人這麼明理、善解人意，生我的父母不照顧我，且固執。蹺課、著奇裝異服、抽大麻，求救信號都沒被察覺。我需要的是一家人聚餐的溫馨感，這不算苛求。我不信「血濃於水」、「天下沒有不是的父母」這些謬論，反正目前快樂就行。

　　萬箭穿心、尋尋覓覓十多個月，擔心被人口販子賣當娼妓。獲悉她的下落後，心中重擔才稍微減輕。兩位女兒一樣養育，長女珍妮還常身兼母職。她順利念完專科學校、找到事、且有正式男朋友。這小姐離家出走，大逆不道，和陌生人比母親還親近，傷透了我的心。我當時尊重父母，雖經歷青春期危機，哪敢鬧情緒。

　　派出所相見之後，維多利亞無一絲悔意，只是答應每隔三個月去探望父母。知道人家待她好，算是慰藉。一切就等法官決定，不過再拖幾個月，就滿十八歲，是成年人，她愛怎麼樣就怎麼樣，我完全無能為力。就當沒這個女兒，但談何容易。

　　駛往波爾多的子彈快車上，面對窗外美景無心欣賞，不按牌理出牌的人生道路，多麼坎坷、崎嶇不平，莫妮克不禁仰天長歎一聲。

誰來晚餐

法國　楊翠屏

　　二○○二年夏季，從法國西部搬到里昂郊區，七十七歲的凱薩琳身體還算硬朗，都是數十年下午步行練出來的成果。

　　住進離兒子家十分鐘路程的公寓之後，她還是繼續保持午後散步一小時半至兩小時的習慣，反正做完家事後閒得發慌，在家耐不住。在媳婦的建議下，她上健身房騎腳踏車。每月搭公車到里昂市中心觀看「認識世界」影片。

　　上了一年健身房之後，就中斷。媳婦問為什麼，原因是夏天吹了天花板上的電風扇後會感冒。二○○四年秋季，做了簡易智能測驗，得分二十四（滿分是三十），鑒於其小學學歷，老年科醫生無法確認是否有失智，叫她六個月之後再做測驗。

　　她時常焦慮不安，覺得胸口悶、有窒息感。進了兩次急診，皆不太嚴重。做了健康檢查亦查不出什麼毛病。

　　兒子請她來家裡吃飯，她會搞錯星期幾。「克莉荷・夏查爾（法國第一電視臺週末晚間新聞主播）對我說話，還叫我某某太太呢！」任憑兒子解釋她面對鏡頭，看不到你的，凱薩琳似懂非懂。

「家中最近來了一位女客，晚上燈光一熄滅就來吵我」有一天向兒子這麼說。「你有沒看到她？」，「沒有！」，「沒有就是不存在，她也沒鑰匙怎麼可能進來呢？」凱薩琳講不出所以然。

「哲嫂與兒子傑克明天要來拜訪，我去買了貓食罐頭要送給她！」「怎麼沒聽說她要來？」。兒子打電話給住在西部的舅媽哲嫂確定一下，「沒有啦！八十二歲不愛出遠門。」

吉爾每個週末陪母親去家樂福購物，起初皆是她先購完物在石凳上等兒子。漸漸速度緩慢，使用家樂福金融卡時，雖然密碼沒記錯，但沒看付款機上的指示，一下子就急著打密碼，收納員解釋幾次之後還是犯錯，卡行不通，靠兒子來解圍。購物前兒子屢次向她提醒要與付款機對話，還是於事無補，「我的密碼沒記錯呀！」她還是搞不清為何付款不成，感到傷心。

兒子後來每天晚上皆去探望她。一晚到廚房去，赫然發現桌上擺放四個人的餐具、番茄沙拉、烤豬肉、四季豆、乳酪。「誰來晚餐？」「就是那位女客，伴隨丈夫與孫子。」

「我今天很累！」，「為什麼？」，「因下午一大堆人來。」客廳桌上有一大盒小餅乾及十來個杯子。「他們現就在沙發椅下面！」「沙發椅下面這麼窄根本無法藏人，我們一起翻翻看吧！」凱薩琳極生氣兒子不相信她的話。

法國發起海地賑災活動，凱薩琳說電視臺鼓勵人捐款，「向她回答我沒錢！」。吉爾自問此種情況還能持續多久，該慎重考慮把母親送去特別的療養院。

蘋果的滋味

土耳其　高麗娟

　　阿觀的大姐和二姐在天井玩家家酒，要她當客人，說好得等她們倆做好飯菜，她才能敲門進去，要她在廚房裡等。可都大半天了，怎麼一點動靜也沒有，阿觀無聊地拿著煤炭鏟子，搗弄著灶下的煤灰，又從水缸裡掏了杓水澆在煤灰上。

　　「阿觀啊！快來幫我啊！」是二姐的聲音，阿觀放下手中的小鏟子，推開廚房的門，只見大姐扯著二姐的頭髮，二姐抓著大姐的辮子，扭打成一團。

　　「不是要我來作客的嗎？怎麼變成要我來救人呢？」眼看大姐已經把二姐壓在下面，用手裡的木杓子亂打二姐，阿觀想：「你有木杓子，我有煤鏟子。」轉身就要回廚房去拿煤鏟子，來救二姐。

　　「大姐總是這麼欺負人，上回因為我不去幫她租漫畫，就把我壓在棉被裡，不是二姐推開她，我早沒氣了，得趕緊去拿鏟子，不然，二姐一定會被打得滿頭疱。」

　　阿觀一心只想趕快去拿剛才隨手丟在水缸和爐灶之間的煤鏟子，卻迎面撞上水缸，她在疼痛間才猛然想起撒了一地的水和煤

灰。褐黑色的大陶缸像尊大佛般立在爐灶旁，阿觀身高也只到缸頸的部分，媽媽總告誡她不可以拿杓子亂掏水。

阿觀的嚎哭聲，把在油漆間油漆傢俱的爸爸引來了，阿觀聽到原本在前面店裡跟人談生意的媽媽，正在罵大姐，慌亂的爸爸把阿觀放在腳踏車橫杠上的小竹椅，然後輕拍著阿觀的背哄著她說：「阿觀乖，不哭，爸爸帶你去玩！」

車沿著溪流邊的公路前進，阿觀眯著腫脹的左眼，右眼好奇地張望著來往的人車，爸爸的呼吸慢慢地由輕微轉成喘息，迎面而來的風也由強轉弱，南臺灣的豔陽，讓阿觀感到它的炎熱。來來往往的人車，不再吸引阿觀，左眼的刺痛腫脹，讓阿觀想起姐姐們的爭吵，還有撞上大水缸的那一刻，阿觀不安地吵鬧起來。

踩得滿頭大汗的爸爸耐心地說：「阿觀乖，就快到了，阿爸要給你買令果（蘋果）！」

從平日嚴肅的木匠爸爸嘴裡聽到「令果」兩字，阿觀像聞到了天下最香甜的味道。

爸爸每次到城裡辦事的時候，常會買幾粒蘋果回家，小學一二年級受過日語教育的爸爸用日語說那是：「令果」。可是，阿觀從來沒有啃過一整顆的蘋果，因為美國進口的蘋果，要用搓子搓成絲，放到紗布裡擠出汁來，強壯的爸爸能把蘋果絲擠成乾乾的一團。蘋果汁是弟弟喝的，而從頭到尾跟在爸爸腳邊嚥口水的阿觀，就等著爸爸放在小碗裡的蘋果渣。看著弟弟吸吮著甜美的蘋果汁，阿觀一杓一杓地吃著蘋果渣。

阿觀還在想著上回的蘋果渣時，聽到爸爸說：「阿觀，我們到了，讓醫生伯伯看看你的眼睛，然後我們去買令果，你不哭的話，阿爸就給你一整顆吃！」

　　阿觀真的沒哭，即使醫生伯伯翻弄她的眼睛，用刺刺的藥水擦她額頭的傷口，她都沒有哭出來，她一心想著，在晚風中，坐在腳踏車的竹椅上，拿著一粒蘋果，小口小口啃著的滋味。

　　當阿觀說到這裡，我好奇地問：「那顆蘋果是不是特別香甜呢？」

　　五十歲的阿觀在安卡拉的陽臺望著七樓下的燈火，放下手中削著皮的蘋果說：「我沒有吃到，因為那時候在臺灣，蘋果要到城裡才買得到，爸爸當時只是情急之下，拿蘋果來哄我。」阿觀說這話時，表情有些不自在。

　　「那你父親後來有沒有履行承諾，到城裡時買個蘋果回來給你呢？」

　　阿觀沒有直接回答我的問題，又拿起蘋果繼續削著皮說：「後來疼我的外婆，帶我去拔牙時，拿出一顆蘋果跟我說，只要我不哭，乖乖地讓醫生拔牙，就給我那顆蘋果吃。我真的從頭到尾都沒哭鬧，醫生還跟外婆說，從來沒見過這麼勇敢的小女孩。」

　　「哈哈！」我笑著說：「那這回蘋果真的是令果啦！『令』在古漢語可是美好的意思。」

　　阿觀苦笑著說：「我永遠忘不了，拔完牙，出了牙醫診所跟外婆說的第一句話：『阿嬤！我的令果呢？』」

阿觀說，那時嘴巴還麻麻的，卻怕蘋果回家被充公，在公車上就忍著痛，小心翼翼地用沒拔牙的一邊牙齒，啃起蘋果，嘴裡有藥水和蘋果混合的滋味。

刺客外傳

土耳其　高麗娟

有人的地方，就有江湖

有江湖的地方，就有傳聞

刺客已不在江湖，

但江湖上還有刺客的傳說。

人車喧鬧的耶路撒冷市中心，「轟」地一聲，血如殘陽，漫天飛濺。

昨晚電視畫面上巴勒斯坦人肉炸彈米斯克，拉響隱藏在罩衫下的炸彈時，面對路旁攝影機鏡頭露齒一笑，那種絕望中的瘋狂眼神，緊隨著我。誰誘惑他、誰迫使他成為人肉炸彈呢？那一刻，閃過他腦際的是，被槍殺的哥哥破碎的身軀，還是死於刑求的父親呢？

哈馬斯發言人說：「即使人肉炸彈的襲擊，無法結束巴勒斯坦領土被以色列佔領的局面，至少也要讓以色列人生活在痛苦不安之中。」

「人肉炸彈不是為了殺人而殺人，是為了追求一種心理震懾吧！」我心中想著，「不然，怎麼能那麼理直氣壯呢？」

　　甩甩腦袋，身為土耳其國際電臺中文部的記者，我現在應該想的是，採訪中國商務部長時要問的問題。

　　「你怎麼才來？錄音設備準備好了吧？試過沒有？可別再像上回採訪中國少兒雜技團那樣出錯。」電臺同事小左迎面而來，氣急敗壞地丟出好幾個問號。

　　「都試過了，部長應該還在參觀大清真寺吧？不是說好回旅館後休息一下，才接受採訪的嗎？」

　　「提前回來了，有舉報說疆獨恐怖份子要行刺部長，所以行程變動了。我也是剛知道的，還有秘書讓我們改採訪中國銀行副行長，談談要在土耳其設分行的事。快走吧！在等我們呢！旅館安檢還要花時間呢！」

　　採訪完已經8點多了，趕回電臺去作錄音剪輯，還要把內容翻譯成土耳其文發給其他語組，今晚看來要加夜班了。

　　偌大的辦公室裡只有我，睜著疲累的眼睛，在電腦前忙著翻譯，窗外偶爾傳來電臺社區裡幾頭野狗互相吠叫的吵鬧聲……

　　門外突然傳來雜亂的跑步聲和喊叫聲：「有刺客，抓住他，快點！」突然辦公室的門「啪」地一聲被推開。我抬頭一看，一個身影闖進來，然後翻滾倒地，越滾越短，最後滾成一小團，像個炮彈，滾到我腳邊，一群警衛擠進辦公室裡，開始踢起變成圓球的刺客，人人咬牙切齒，你一腳，我一腿，圓球開始滲出血來，我彷彿看到人肉炸彈米斯克絕望的瘋狂笑容，我還來不及喊出：「小心！要爆炸了！」「轟」地一聲，血如殘陽，漫天飛濺。

我驚魂未定地張開雙眼，眼前是空無一人的辦公室，我的嘴角流著口水，哦！原來是做夢了，揉揉眼睛，我起身去洗手間想洗把臉，繼續工作。

昏暗的走道上，突然一條人影閃過眼前，竄到身後，我反射動作般地回頭一看，竟然是米斯克，嚇得轉身就跑，拉開走道盡頭的窗戶，我跳出窗外，從一層層的平臺，飛躍而去，跑到電臺社區的花園裡藏身在樹叢中，盡可能不讓顫抖的身子碰到樹葉。

突然一隻手抓住我的左手臂把我轉過去，米斯克？不！不是米斯克，那張臉竟是我朝思暮想的他，在臺灣白色恐怖時代，我因為恐懼而不得不離開時割捨下的他。

他緩緩地舉起手，撫著我的面頰，用他溫柔的聲音說：「別怕！米斯克只是帶你來見我。」

驚喜的眼淚溢出我的眼眶，我說：「你出獄了？他們沒有把你槍決？」

「嗯，我好想念你。」說完，他逐漸地逼近我，就在兩人的嘴唇快碰上時……，我醒來了，雙眼含淚，淚光中彷彿又見米斯克絕望而瘋狂的眼神。

善心人

波蘭　林凱瑜

　　高霞的家人、鄰居都說她好性子，相信人。她卻自覺觀察敏銳，但堅信人心本善。

　　她去商店購物，經常支付過多零錢，服務員也屢屢把多付的幾塊幾分退給她。有時她手提大包小包上公車，又總見人讓出座位，於是感到溫馨，認為世界上到處是好人。

　　有一天，她大雪天趕路，雪多又滑。走到半路不慎滑倒，一屁股跌在雪水地上，怎麼掙扎就是爬不起來。這時一隻援手把她拉了起來。抬頭一看，是位中年婦女，穿著一件深藍色的短羽絨衣，一臉的關心，使她感激地連聲道謝。那婦女還攙扶著她走了幾步，看她有沒有受傷，差點讓她淚水奪眶而出。

　　作為一個波蘭的異鄉人，在這異地生活本來就覺冰涼。這社會禮貌有之，但真正熱心腸的人並不多見。此刻感動之餘，就主動邀請那位婦女到家喝茶聊天。她說自己住處離高霞不遠，爽快地答應了下來。

　　這位婦女打開話匣子說了許多自家的事。結婚已二十五年，不幸丈夫另有別的女人，常不回家，也不拿錢回家。唯一的兒子

智障，現已二十三歲。要是自己出去工作，就得請鄰居幫忙照看兒子。說著，說著，就哭了起來。高霞跟著心酸，卻不知如何是好。這時，該婦女終於開口要借幾百歐元，原因是丈夫已有兩個月沒給錢了。她急需要錢，急著給兒子買藥，買菜，還得交房租。

高霞想了想，便往裡間的櫃子拿出一筆錢借她，也請她留下位址、電話以便聯繫。這婦女見天色漸晚，提出該回去了，於是兩人道別。

高霞心裡一陣高興，別人助我，我助別人，能說這世界不美好嗎？一見老公、兒子推門回家，她就興沖沖地敘述整件事情經過，試圖給兒子們一個人心本善的機會教育。原以為會獲得一片稱讚，卻見他們一臉漠然。老公呆呆地朝著天花板說：「這筆錢是肉包子打狗，一去不回了！」兒子則徐徐接著說：「老媽！你－被－騙啦！」

高霞覺得這是對新交朋友的不恭，甚至是種不該任意編造的誹謗。於是激動地拿出那張通訊位址，藉以證明騙子決不會留下位址與電話。老公卻頑固堅信這些資料都是假的。正當一家人鬧得不可開交之時，電話鈴聲響了。老公接過電話，頻頻點頭而後掛上電話說：「善老婆！傻老婆！警察局要你去一趟，拿回你的錢包、皮手套、銀燭臺和日本娃娃。」

誰之過？

丹麥　池元蓮

　　李海濤身居香港，有一份體面的職業，收入不菲，人又長得一表人才，也就是女生通常所說的大帥哥，可是由於陰差陽錯，他已是年近不惑了卻還是個並不快樂的單身漢，是個名符其實的鑽石王老五。

　　凡是有華人集居的地方，不論在世界何處，人們均有喜歡給別人介紹男朋友或女朋友的習慣。有很多人，尤其是女人，一看到有一個尚是獨身的男人或者是一個尚未結婚的女人，便立刻自告奮勇地扮演「媒婆」的角色，急著給對方物色結婚對象，介紹這個、介紹那個的。這種被義務媒婆拉攏，經由介紹方式而達到結婚目的之婚姻，是現代化的安排婚姻。跟過去的安排婚姻比較，它當然是進步了很多，如同一個女人，脫掉遮蓋全身的長袍長裙，換上露出腿臂的短衫短裙，以摩登的姿態出現。張嫂就是這麼一位義務媒婆。張嫂相中了李海濤，在她看來，給李海濤找對象是自己義不容辭的責任，李海濤可是一隻煮熟的鴨子不能讓他飛了。這事包在我身上了，捨我其誰？當然這一切，李海濤全蒙在鼓裡，他根本不知道有個熱心人正在悄悄地為他籌劃終身大事。

張嫂雖不是正兒八經的媒婆，但畢竟長了一張媒婆的嘴，伶牙俐齒，說起話來滴水不漏。她很快就介紹幾位女生給李海濤，沒想到李海濤也算挑剔的了。看了甲女、乙女、丙女都不滿意。等到他看到丁女時，在比較之下，認為丁的條件比甲、乙、丙都好。做媒的張嫂趕緊從旁催促：「不要左挑右選挑三揀四了。你當你是皇太子選妃啊！一家女百家求，你看不上人家，人家還不一定看得上你哩。過了這村，就沒有這店了，到時候才來吃後悔藥就來不及了。趕快結婚，生孩子要緊！」丁女名叫王梅梅。

　　李海濤心想，王梅梅確實長得蠻好看的，稱得上是個大美女，娶了她倒也是男才女貌，天作之合。王梅梅見李海濤經濟背景還不錯，也沒有異議。李海濤跟王梅梅就在彼此有一點好感之下閃電式地同意結成夫妻。他們在婚前沒有做進一步的認識，更說不上談情說愛，連拉拉手、接個吻都沒有做過。現在回想起來都是個不可思議的事兒。洞房花燭之夜，問題就浮出水面了。本應是安排喜劇的夜晚卻上演一齣悲劇。王梅梅雖然已經到了三十五歲，但她不但是個「性盲」，而且有憎厭性的心態。兩人第一次嘗試魚水之歡，王梅梅既沒有興奮感又態度忸怩，結果李海濤像是個雄赳赳出征的將軍卻成了臨陣脫逃的敗將。這以後雙方又嘗試了幾回，李海濤跟王梅梅根本都沒有相應的性的吸引力，反而使問題更加惡化了。後來，得到醫生的指點，使用點潤滑劑，雙方才得到成功。過了兩年，王梅梅生下一個兒子。她抱著嬰兒上街，偶爾在街上看到男女在接吻，仍然是趕快把嬰兒的頭蓋起來叫道：「這種醜事，不能讓嬰孩看到！」

李海濤面對的是一個對性懷有這樣歇斯底里心理的女人，怎能有正常的性生活？王梅梅則認為，結婚的目的只是為了生個兒子。現在有了兒子，她更不願再做被她認為是件醜事的那件事了。每當他們夫妻倆為此事吵架時，吵到最後，兩人都責怪當年給他們做媒的張嫂。李海濤會說：「都是張嫂瞎操心，把你這樣的一個女人介紹給我。娶了你做太太我算是倒了十八輩子的楣了！」王梅梅不但不自己認錯，反而把他們夫妻之間的性斷絕完全歸罪於丈夫，潑辣地反咬一口：「真正倒楣的是我！嫁了你這個無用的男人，連那一點事都不行。張嫂該被雷公劈死才對！」這樣，李海濤跟王梅梅的婚姻變成典型的無愛無性的婚姻，兒子成了他們之間唯一的紐帶，婚姻才沒有完全破裂，但也名存實亡了。

　　兩人都把怨氣倒在張嫂的身上，張嫂逢人就說：「這事怎能怪我，我又不是神仙，小倆口關起門來所做的事我怎麼能曉得。我沒拿他們一分錢，一片好心當紅娘，最後倒落個豬八戒照鏡子，裡外不是人。哼，要怪就怪他們自己，不會划船嫌港彎！」

老丹醫生的春天

丹麥　池元蓮

　　老丹醫生七十五歲了。在他退休之前，他是丹麥某大醫院的腦科部主治醫生。自從他的太太去世後，他一直想再找一個伴，重新開始一個新生命。

　　但他心目中的新女伴是跟他的亡妻葛達完全不一樣的女子。葛達的性格強悍，在家內家外都是她在發號施令。他自己天生內向平靜，一向柔順地服從太太，但苦悶在心裡，四十五年的婚姻如同一個漫長的灰色冬天。

　　多年來，他暗地裡欣賞東方女人。他分不出來她們是中國人、越南人、還是泰國人，只覺得她們富有女性味，又有嬌柔的氣質。他甚至夢想過，如果他能重為年輕漢子，他會追求一個東方女子。

　　一個春日的下午，他獨自一個人在家裡發悶，他的好友老翰打電話來了，說：「嘿，老丹，我下星期參加相夫會旅行團到泰國去。你也跟我們一道去吧？」

　　「什麼相夫會？」老丹醫生莫名其妙地問。

老翰就跟他解釋，有一個丹麥旅遊社舉辦相夫會旅行團，專門替單身的北歐男人物色泰國太太。那些女人並不是曼谷的酒吧女郎，而是泰國北部的山區部落女子。部落的傳統是由女人挑選丈夫，所以有相夫會之稱。

老丹醫生輕歎了一聲，說：「我年紀那麼大，又不是一個大富翁，怎麼會有年輕女人對我感興趣！」

「別擔心！」老翰說：「旅遊社保證，那些部落女孩子不是拜金女郎，素以純潔和忠心出名，而且她們喜歡嫁給年紀大的男人。」

老丹醫生的眼睛不經意地往窗外望去，看到花園中的那一棵枯萎老樹竟然長出嫩綠的葉子。老樹也有春天！於是他當場決定參加相夫會旅行團。但他只告訴他的兒子和媳婦，他到泰國去度假一個月。

當他們的旅行團到達曼谷的機場，一行人便乘旅遊車直奔相夫部落。原來，該部落是一個位於泰國北端與緬甸交界處的村落。部落的男女大都穿著土裝，看來質樸友善。

在相夫會舉行的那一天，老丹醫生西裝筆挺地跟十幾個北歐男士一起坐在大堂的中央。他低著頭，不願看站在四周圍觀看熱鬧的部落男女。

他心裡好緊張，又好興奮。

忽然，一雙柔嫩的小手輕輕地落在他的懷裡。他的心咚地猛跳了一下，頓時面孔通紅。他慢慢地抬起頭來，見到一個黑髮少女跪在他的跟前，溫柔的棕色眼睛含笑地注視著他。在這一刻老丹醫生愛上了跟前的陌生少女。

這樣，他跟十八歲的部落女孩子成了婚。婚禮就在部落那裡舉行。老丹醫生給他的嬌妻起了個新名字：「春天」。

　　當一個月的假期完結了，老丹醫生單獨返回丹麥。他一抵家門便打電話叫他的兒子和媳婦到他家來，他有重要事情要告訴他們。

　　「我在泰國跟一個泰國女人結婚了。」他開門見山地跟他的兒子和媳婦說。

　　他的媳婦驚叫起來：「糟了！你被一個泰國酒吧女郎迷昏了頭。」

　　「她並不是酒吧女郎，她是世界上最純潔，最美麗的女人。」老丹醫生驕傲地說，然後從口袋裡取出他和春天的結婚照片。「你們看，這就是她，我的春天。」

　　「那你準備把這個土女帶回丹麥來？」這次發問的是他的兒子。

　　於是，老丹醫生像擲手榴彈那樣宣佈：「我決定搬到部落那裡去長居。我這次回來就是要把這棟老屋子和其他的不動產都一併賣掉。我的全部財產都會用來保障春天的將來。」

　　老丹醫生果然一去不回。後來聽人說，他在部落的村裡建了一間大屋子，學會說一口流利的當地土話，後來還再次為人父。

　　他的媳婦對朋友說：「我的家公瘋了！」

　　他的兒子則來個幽默：「我的父親是個腦科醫生，但他自己的腦子也有大問題。」

奇蹟

丹麥　池元蓮

　　張大松是哥本哈根一間中國飯店的老闆。他老實憨直，每逢他見到座上有從遠方來的華人遊客，他總喜歡過去搭訕，最後他總有這麼一句：「我的飯店是一個奇蹟！」

　　他和他的太太是在一九八〇年代來到丹麥的。當年在丹麥居留的華人不多。員警每見到一個華人前來註冊居留，就幽默地說：「我們又多了一間中國烤店。」[4]

　　張大松也走上開烤店這條謀生路子，工作雖然辛苦，但到底是獨立謀生，他和妻子都算滿足了。

　　可是，鋪子開了一年多，禍事就來了。有一天店裡進來了一個衣服髒得發黑的丹麥男人，頭髮又長又亂，紅通通的臉有一半給蜂窩般的鬍鬚遮著。這個男人粗魯地說：「給我一瓶啤酒！」

　　當張大松叫那個男人付錢的時候，後者不但不肯付錢，還狠狠地把櫃檯上的杯子都一個一個摔到地上去。一邊摔一邊罵：「錢、錢、錢，你腦子裡只有錢在打滾。」

---

[4] 所謂的「烤店」是「Grill Bar」，在丹麥這種小店都如此自稱，對丹麥顧客表明其身份。（在中文他們各有不同的美名，反正顧客看不懂）。這種小店賣的其實也多數是漢堡包、熱狗等外國fastfood，真正烤的中國食物不外是春捲、烤雞而已。不能稱之為烤肉店。

張大松給嚇得一聲都不敢哼。那人鬧夠了自己伸手拿了四瓶啤酒，揚長而去。事後，張大松對他的太太說：「如果這瘋子再來胡鬧的話，我就打電話找員警。丹麥是一個法治社會，人不可以這樣蠻橫無理。」

　　過了兩天，那瘋子又出現了。態度比上次更兇。張大松跑到店後打電話報警。警車很快便到了，兩個年輕的員警把那個瘋瘋鬧鬧的男人帶走了。

　　自此以後，瘋子跟張大松結了冤仇，每隔兩、三天便來搗亂。他的太太主張忍：「我們是外國人，多忍一下。報警太多，對我們的店反而不利。」但張大松不能再忍了，他說：「既然法律不能替我們解決問題，我自己想個法子來對付瘋子。」

　　一天，瘋子又大搖大擺地走進烤店，手裡還拿著一把刀，兇狠地說：「把錢櫃裡的錢都給我！」

　　張大松早有準備。他把已經預先放在櫃檯下的大木棍拿出來，大喊一聲：「打！」就把棍子揮過去，一棒落在瘋子的肩膀上。出乎意料之外，兇神惡煞的瘋子膽子小得很，被打了一棒，掉頭就往外跑。

　　於是，張大松開著他那部買貨用的老爺車去追瘋子。他無意要傷害瘋子，只是要嚇瘋子一下，回報半年多來的精神虐待。張大松的車子速度很慢，瘋子往前跑兩步，車子向前移一尺。路人都停步看這場好戲。張大松在煞車之前，用車子輕輕地碰了瘋子一下。瘋子立刻倒滾在馬路上，其實他身上一毛一皮也沒有受傷。跟著警車、救護車都嘟嗒、嘟嗒地趕到。瘋子被送到醫院去檢查，張大松被帶到警察局去問話。

員警說張大松不應該擅自執行法律，向地方法院控告他圖謀用暴力傷人。案子在法庭開審後，法官果然判了他六個月的監刑。但法官體諒他的無辜受人欺凌，也瞭解他的太太因語言問題不能單獨一人擔當烤店業務，所以給予特殊的寬大處理：這六個月的監刑他只須每天晚上在監獄裡過夜，白天可以出監回到烤店去工作，然後返回監獄，不准回家。

　　這一下，張大松成了新聞名人，電視臺的記者到監房來訪問他，把他的故事廣播出來。

　　這時，奇蹟出現了。他烤店的顧客多起來，許多人說他做得對。他在監獄中收到很多同情信，好些人還送錢給他。其中有一封是一個無名氏寄來的，內有一個卡和一張十萬塊丹幣的支票；卡上寫了幾行丹麥文：「你是一個很有勇氣的人，祝你前途愉快，有好的運氣。」

　　六個月的監牢坐完以後，張大松把同情他的丹麥人捐給他的錢當作起家的老本，買下這間飯店。從此以後，他和他的太太走的是平順的路子，生活越過越好。

　　晚上打烊後，張大松滿意地打量他的餐廳，紅牆金壁，流蘇宮燈掛滿室。他老實的臉孔展開得意洋洋的笑容，對太太說：「老婆，我們的餐館的確是一個奇蹟！」

不能承擔之重

美國　趙淑俠

算是高格調的酒會。

客人少說也有兩百，男的整套西服，女客衣香鬢影。每人手裡拿著一杯色彩鮮豔的雞尾酒，或紅或黃，都是那麼晶瑩透剔。

她和一位多話的太太談著，忽聞背後響起一陣宏亮的笑聲。不只宏亮，誰也聽得出那聲音毫不掩的表露了些什麼：那是志得意滿，是誇耀、是缺乏靈性和虛偽。最怪的是，聽著竟是有些摸不著邊際的熟悉。於是她好奇的回過頭去。

一個身材高大的男人，疏稀的頭髮已有些花白，很流行的梳在腦後，整齊得像剛從美容院出來。鬆弛的面孔上紅潤光澤，下巴頦足足疊了三層，昂貴的英國呢料上裝已掩不住他鼓鼓凸起的肚圍。處處都在顯示，他過著一種十分舒適優裕的生活。

「你知道嗎？他就是某某，不久前倒閉的某某銀行的主人。他本來什麼都沒有，這些年來發了大財，買賣股票的手筆好大啊！動輒上千萬。只要有錢賺，甚麼徇私的事都做。他在美國開銀行，存戶盡是國內去的新移民，他們把最後一點血汗錢交給

他，結果他宣告倒閉。自己的錢早藏在一邊，坑的盡是小門小戶，不做德啊！……」

那太太說個沒完，斜視的眼光裡充滿不屑和怨恨。

「你說他叫什麼？」她驚得聲音都有些顫抖，一個晴天霹靂已在胸中炸開。「叫某某，你難道沒聽說？人人都知道他，是個吸血鬼、大壞蛋，你不知道？」「真……真不知道。」她吞吞吐吐，暗中可就仔細打量那個「吸血鬼」。

不對啊！他的面孔應該是容長的，那上面長了一對含情又會說話的眼睛，不待他開口，她就知道他的快樂和悲傷。為何此刻那裡面只有深不見底的世故，也許還摻著些狡猾。他的頭髮應是濃黑的，隨意的垂在額角，更襯托出他的瀟灑和自然。他修長的身材，像風中的柏楊樹，挺直而飄逸。每次遠遠地看到，都會讓她全心蕩動。他的那雙拿著酒杯，手指肥得像小臘腸般的手，曾寫過一尺來高文情並茂的情書，那些深情詩意的佳詞美句，春水般冉冉流經她靈魂觸角的最細微處。他的那張大笑的嘴，曾情話綿綿，訴說出人間最感人的語言。還有此刻那雙穿著嶄亮皮鞋的腳，曾走遍她家附近的大街小巷，只為了等待她的來臨。

那個男人真的會是他？是誰開了這樣大的玩笑！她想著是否上前去打個招呼？但終於忍住了。不，沒有勇氣。放下酒杯，她提前離開了酒會。

她打開一隻蓋滿灰塵的箱子，從最底層找出一封珍藏多年的信，由信封裡抽一個包得嚴密的紙包。三層紙一層層的剝去，赫然露出一張泛黃的照片。一對年輕男女，男的俊爽女的美麗，四

隻含笑的有情眼睛，帶著沉醉的目光看著這有情世界。兩人頭靠著頭，像似永遠不會分離。

　　他是今天的那個陌生人嗎？她仍在懷疑，心中卻知道那的確是他。在酒會中就認定了，那怕再過一千年也不會弄錯。

　　他，她的愛人，她曾用整個心去愛過的初戀情人，怎會變成了這個樣子！兩個他之間的差距遙如天地，讓她用多大力也連不到一起。

　　對著相片癡癡的看了許久，淚珠模糊了視線，為了死去的愛人。是的，她愛過的那個他已經死了。

　　整整三十年前，一個初冬的夜晚，在一棵高大的椰子樹下，他鬱鬱的離去，自那一刻便在她生命中消失。她斷定他是死了。他是純情而善良的，不會變成吸血鬼和大壞蛋的某某。那不是真的他，真的他已被時間這劊子手殺死。

跋

瑞士　朱文輝

代表《歐洲華文作家協會》出席上海二〇〇八年十二月四日
《世界華文微型小說研討會》宣讀論文

資訊化時代微型小說的另類書寫風貌

一、我對微型小說的看法

　　莊周夢蝶所呈現的故事架構，馳名古今中外，可稱是個上乘的微型小說經典。它之所以流傳萬世，不僅僅出於古典文字的言簡意賅，更是由於「故事」本身具有「濃縮及可化約性」的特質（即簡化成某種特定的形象或符徵）。它藉由莊子和蝴蝶的對應關係來襯托、放大一個論及存在意義的場景，使之富有強烈的戲劇效果兼具哲理寓意的想像空間，不需透過更多的文字說明，即可大幅呈現於聽者或讀者的眼前。這便是微型小說的魅力和傳播效果之所在。一如現代的科學中藥，用不著把所有的藥材置入壺中熬煮，只需製成一顆簡單的藥丸，其入口的療效與熬成的湯汁無異。

二、「訊息化時代」大眾閱讀的特質

現在我要試著探討「訊息化時代」大眾閱讀的特質是什麼。愚見認為，「訊息化時代」指的就是人人生活在網路化與手機化的世界裡，被操作的訊息至少具有五大表徵：

1.資訊的流傳十分神速（尤其是文字和圖像，隨傳隨到，縮短了互動的流程與距離）。

2.傳播的影響效果無遠弗屆（打破時與空的疆界）。

3.給資訊接收人提供無限的想像空間（即天馬行空的虛擬世界）。

4.資訊的流傳量極大，令現代人目不暇給，必需快速取捨（因此，資訊內容的本身便處於適者生存的競爭壓力之下）。

5.訊息的保存較上一世紀及其之前的時代更為廣雜，查閱至為方便（只要上網，任何資訊可以信手拈來）。

歸納以上的界定，便大致可以推演出電子網路時代的文學——尤其是微型小說——該朝什麼方向書寫，始符合現代讀者所處的電子化閱讀環境。准此，我提出五個要素來探討如何下筆的問題。

· 形式宜簡短
· 內容值玩味
· 效果求輕鬆

- 掩卷留餘韻
- 環宇生共識（所使用的象徵符號譬如語句、用字等，務求可以產生**全球化的共識**，亦即不同的語言和文化可以互相交融）

　　現代人因為物質文明的進步與發達，生活內涵多樣化，步調繁忙而緊張，對於資訊的取捨，多以簡短快捷實用為原則。處在這種環境架構之下，若要以十分簡化的形式來述說一件「事」或一個「故事」，不管這「事」或「故事」背後所要表達的是叫人咀嚼回味的隱喻，或是深思內省的哲理，採以最精短的形式來展現一則符合當今訊息傳播（尤其微型小說）旨意的，我覺得，下面這兩句警言應該可以達到類似「驚悚懸疑小說」那種無限想像空間的效果：一人不入廟，二人不靠井。

　　細品之後，覺得夠恐怖、夠叫人不寒而慄了吧！

　　而，源遠流長的傳統中華文化裡，有許多豐富、寶貴的民族遺產，不管是文字或是口語，也具備了這種言簡意深的結構特性，例如民間流傳的歇後語、成語和佛教中的禪示，均可見到當今微型小說的影子。茲各舉一例，以供佐參：

　　歇後語──如「豬八戒照鏡子」（裡外不是人），讓人對這六個字的思緒感應到了最後有「原來如此」的「恍然大悟」之驚奇。

　　成語──如「刻舟求劍」的故事以及曹操與楊修「絕妙好辭」的典故，皆可達到借物喻事之目的。

　　禪示──如北禪神秀與南禪惠能之間以「身是菩提樹，身如明鏡臺。時時勤拂拭，勿使惹塵埃」與「菩提本無樹，明境亦非

臺。本來無一物，何處惹塵埃？」的一場智慧對話，來啟發我人的猛省與反思。

三、突破窠臼——電子網路時代的微型小說書寫

因此，自電子網路時代的文字書寫這一角度觀之，微型小說的書寫在我個人的想像中，在顧及「簡短」、「輕鬆」、「有趣」、「餘韻」及「共識》的考慮之下，應同時力求展現禪示的**雅慧和歇後語的俗趣**。如此，始能讓人讀後頓有所悟，在遊走於「留白」的空間之中，任由餘韻在讀者的齒頰留香，回味無窮。

我是個雜食者，覺得微型小說的發展迄今，各家理論都言之成理，所以一概欣然接受之。若自前述界定的幾個原則來思考，我發現昇華心靈的語言——詩歌，是個用來表達微型小說相當實用而且形態雅致的媒介。一首好詩，其本身往往也是一則耐人細嚼、趣味橫生的微型小說。下面這兩首古詩不也各自在生動地敘述一則男女的故事嗎？——

其一

上山采蘼蕪，下山逢故夫。

但見新人笑，哪見舊人哭。

其二

欲寄君衣君不還，不寄君衣君又寒。

寄與不寄間，妾身千萬難。

在這一「另類新定義」之下，微型小說的表達形式便可以讓它披上詩歌的外衣，結合前述「禪示的雅慧」和「歇後語的俗趣」作耳目一新的展示。茲試創一例如下——

說起來正是無巧不成書！臺北的《聯合報》二〇〇八年十一月舉辦一項由網路駐站詩人鴻鴻主持的《龍頭鳳尾詩》徵文比賽。其遊戲規則是：由鴻鴻以《在你的房間》為首句詩頭，《被一口氣吹熄》當作結束的詩尾，中間任意增生原創詩句，完成一首十二行以內的詩作。我正好在思考如何以耳目一新的方式來創作微型小說的問題。見報靈機一動，立刻揮筆寫下：

在你的房間
傾國傾城走出歷史
以回眸的百媚
對你的守為
做最無情的詮釋
柳下惠的自豪
便這樣
深沉一歎
冷冷地
被一口氣吹熄

我試藉此詩提供一個故事的想像空間：**君子難過美人關**——某位平素頗為正直有守有為的人物獨室面對一位美女的百般誘惑，最終還是抵不過情欲的魔力，迎風而倒。

*附錄一首我中譯的詩，原作者為塞爾維亞人，二○一○年二月
二日被德譯見刊於瑞士《新蘇黎世日報》副刊版。

抽屜

幾把梳子，幾根細針⋯⋯

一隻首飾盒，裡面

有枚破裂的戒指

和彎曲的胸針

另有一枚

缺了配對的耳環

就像我

　　我個人讀後眉批這是一首好詩，尤其是首上好的《微型小說
詩》。它，在講述一個故事給讀者聽：一名失去男伴的女子，神
情落寞地打開化妝臺的抽屜，映入眼簾的都是些引起她痛苦回憶
的物件──「破裂的戒指」和「彎曲的胸針」都象徵著失去了另
一半的不幸；「另有一枚缺了配對的耳環」，則更進一步地畫
龍點睛突顯這落單女子心靈的鬱悶。至於她如何「失去了另一
半」，讀者有自己發揮想像空間的餘地：個中有可能是因為一般
常見的男女情感失和而分手；另也有可能是烽火戰亂而導致的生
離死別⋯⋯。不過，依其文字所鋪陳的景象和作者是個塞爾維亞
人來看，似乎屬於後者的可能性較大。

Radmila Lazié

Die Schublade

Kämme, Nadeln ...
Eine Schmuckdose. Darin:
Ein zerbrochener Ring,
Eine verbogene Brosche.
Ein Ohrring
Ohne sein Gegenstück,
genau wie ich.

Aus dem Serbischen von Mirjana und Klaus Wittmann

（*NZZ/Sa.27.2.2010*）

語言文學類　ZG0075

對窗六百八十格：
歐洲華文作家微型小說選（下）

作　　　者/歐洲華文作家協會
出 版 者/歐洲華文作家協會
顧　　　問/俞力工
策　　　劃/朱文輝
主　　　編/黃雨欣　黃世宜
責任編輯/蔡曉雯
圖文排版/賴英珍
封面設計/陳佩蓉

發 行 人/宋政坤
法律顧問/毛國樑　律師
印製出版/秀威資訊科技股份有限公司
　　　　　114台北市內湖區瑞光路76巷65號1樓
　　　　　電話：+886-2-2796-3638　傳真：+886-2-2796-1377
　　　　　http://www.showwe.com.tw
劃撥帳號/19563868　戶名：秀威資訊科技股份有限公司
　　　　　讀者服務信箱：service@showwe.com.tw
展售門市/國家書店（松江門市）
　　　　　104台北市中山區松江路209號1樓
　　　　　電話：+886-2-2518-0207　傳真：+886-2-2518-0778
網路訂購/秀威網路書店：http://www.bodbooks.com.tw
　　　　　國家網路書店：http://www.govbooks.com.tw
圖書經銷/紅螞蟻圖書有限公司
　　　　　114台北市內湖區舊宗路二段121巷28、32號4樓
　　　　　電話：+886-2-2795-3656　傳真：+886-2-2795-4100

2010年7月BOD一版
定價：280元
版權所有　翻印必究
本書如有缺頁、破損或裝訂錯誤，請寄回更換

國家圖書館出版品預行編目

對窗六百八十格：歐洲華文作家微型小說選 /
歐洲華文作家協會著. -- 一版. -- 臺北市：
歐洲華文作家協會出版：紅螞蟻圖書經銷，
2010. 07
　　冊；　公分. --（語言文學類；ZG0074-ZG0075）
　　BOD版
　　ISBN 978-986-86334-0-7（上冊：平裝）. --
　　ISBN 978-986-86334-1-4（下冊：平裝）

857.61　　　　　　　　　　　　99010879

讀者回函卡

感謝您購買本書，為提升服務品質，請填妥以下資料，將讀者回函卡直接寄回或傳真本公司，收到您的寶貴意見後，我們會收藏記錄及檢討，謝謝！如您需要了解本公司最新出版書目、購書優惠或企劃活動，歡迎您上網查詢或下載相關資料：http:// www.showwe.com.tw

您購買的書名：_____

出生日期：_____年_____月_____日

學歷：□高中 (含) 以下　　□大專　　□研究所 (含) 以上

職業：□製造業　□金融業　□資訊業　□軍警　□傳播業　□自由業
　　　□服務業　□公務員　□教職　　□學生　□家管　□其它_____

購書地點：□網路書店　□實體書店　□書展　□郵購　□贈閱　□其他

您從何得知本書的消息？

　　□網路書店　□實體書店　□網路搜尋　□電子報　□書訊　□雜誌
　　□傳播媒體　□親友推薦　□網站推薦　□部落格　□其他_____

您對本書的評價：（請填代號　1.非常滿意　2.滿意　3.尚可　4.再改進）

　　封面設計____　版面編排____　內容____　文／譯筆____　價格____

讀完書後您覺得：

　　□很有收穫　□有收穫　□收穫不多　□沒收穫

對我們的建議：_____

_____

_____

_____

11466
台北市內湖區瑞光路 76 巷 65 號 1 樓

秀威資訊科技股份有限公司　　　收
BOD 數位出版事業部

....

（請沿線對折寄回，謝謝！）

姓　　名：_____　年齡：_____　性別：□女　□男

郵遞區號：□□□□□

地　　址：_____

聯絡電話：(日) _____　(夜) _____

E-mail：_____